美語基礎

里昂 ◎著

KK音標 別再鬧彆扭了

學發音、撒網超速記、趣味圖，最有梗的美語教室

山田社

U0080047

前言

Preface

「什麼！？沒有老師也可以學好 KK 音標？」

一點都沒錯！

這就是您專屬的第一本 KK 音標！

撒網超速記，幫記憶打入一劑營養針。

嘴型有圖、有照片，搞笑插畫，最有梗的英語教室！

釐清發音，效率超越面對面聽講！

不用出門，在家練功就可成為美語達人！

有一天跟大學同學聚餐，30 出頭的您很得意地說「I bought a hut in tienmu.」（我在天母買了一間「小木屋」。），但是對方聽成您是在「天母買了一頂帽子（hat）」，買小木屋卻被聽成買帽子，您會不會覺得很不甘心？

KK 音標的學習在國內有著正反兩面的聲音，KK 音標的抽象符號，使國小以下的孩童難以記憶和掌握，然而對於國中以上的學習者來說，它卻是條一勞永逸的學習捷徑。比較如下：

1. 用自然發音法的學生硬背單字 VS. 學過 KK 音標的學生輕鬆用音節破解。

2. 用自然發音法的學生一一查詢重音念法 VS. 學過 KK 音標的學生能念出標準重音。

3. 自然發音法缺乏學習環境，容易學到不標準的發音 VS. 學 KK 音標只要掌握方法就能唸出所有單字。

因此，在開始學習美語之前，不妨花一週徹底掌握發音方法，讓您往後的學習之路平步青雲、進步神速。為聽力及口說打下良好基礎。本書將用輕鬆趣味的插圖，引導您 100% 聽說讀寫全方位學習。

精彩內容：

　　　　　　　✓ 同音字一網打盡！舉一反十，10 倍音標神速記憶法！
　　　　　　　　　✓ 發音嘴形透視圖，真人示範超好學！
　　　　　　　　　✓ Kuso 插畫學發音，圖像記憶超容易！
　　　　　　　✓「相似發音」大比較，清楚辨認超高竿！
　　　　　　　　✓ 單字例句全列舉，內容紮實超豐富！
　　　　　　　　✓ 嘴上體操繞口令，練習發音超有趣！
　　　　　　　✓ 聽聽看，讀完接著實戰練習，立驗成果！

　　擁有好的基礎，就是成功的一半。

　　零基礎、沒有老師沒關係，選好書，自學也可以學出好發音，奠定未來口說及聽力基礎！

本書特色：

　　▲ 同音字一網打盡！舉一反十，10 倍音標神速記憶法！

　　學 1 個音標，本書心智圖彙整同音字母，就延伸學習數個單字，無限應用！例如哪些字母發音 [o]，原來一般是 o（both ／都，local ／本地），也有 oa、ow（loaf ／一條麵包，own ／擁有），甚至有 ew、oe、ou（sew ／縫合，toe ／腳趾，shoulder ／肩膀）。只要看每單元後面的「音標記憶網」，就能一目了然，就像幫記憶打入一劑營養針，讓您快速建立同音單字庫，成為記憶高手！

　　▲ Kuso 插畫學發音，圖像記憶超容易！

　　書中善用大腦對於圖像記憶的敏感度，利用超搞笑插圖，教您如何利用早就會說的中文來學習 KK 音標，看過就記得、記住忘不了！把短期記憶快速植入長期記憶！

　　▲ 發音嘴形透視圖，真人示範超好學！

　　我們不僅為您附上剖面的「口中透視圖」，告訴您舌頭怎麼擺、吐氣怎麼吐……這種基本款之外，每個假名都還附上真人拍攝的「嘴形圖」，讓您裡應外合、從裡到外透視美語發音的「嘴上秘密」！就像老師站在您面前，您可以按照自己的學習速度，想要看幾遍就看幾遍，不用擔心不好意思。

另外配合文字說明的「發音絕技」，既可以身體力行又獲得詳細說明，雙管齊下，效果加倍！

▲ 單字例句全列舉，內容紮實超豐富！

精選每一個音標最常用也最實用的基礎單字，讓您利用音標學習單字，除了強化印象並提供不同語境下的發音，同時利用單字記憶音標，雙向學習、雙倍效果，效率好得讓您無從挑剔！

▲ 嘴上體操繞口令，練習發音超有趣！

如何訓練「p」跟「b」的發音不準問題，讓繞口令來幫忙。每個音標都有一句專治各種發音不準的繞口令，內容有趣，多念幾次都不嫌煩。您可以利用剛剛才學會的發音技巧，再試試看進階的繞口令發音，只要多嘗試幾次，便讓您吐字清晰、口齒伶俐！

▲ 相似假名大比較，清楚辨認超高竿！

「許多發音都好像，我就是分不清！」口說的基礎之一，就是訓練「相似音」。為此，書中特別加入發音比比看的單元，為您解說相似音之間如何區別，還提供發音小技巧，讓您分得清楚，記得明白！讓你擁有自信說美語！

▲ 聽聽看，讀完接著實戰練習，立驗成果！

學完一課，您真的學會了嗎？每課最後用聽力練習，幫助您驗收成果。聽一聽，選出相同的發音，磨亮您對每個正確音標的敏感度，同時幫您再次複習、加深記憶軌跡。

▲ 朗讀 MP3+ 書本，邊聽邊學超效率！

每天給自己幾分鐘，讓耳朵跟嘴巴同時跟上老外發音的水準，本書「朗讀 CD」，配合專業外籍教師錄製，讓您在初學階段就習慣正確又優美的發音。建議您一邊看書一邊聽 MP3，並且張開嘴巴大聲跟著老師唸，訓練您的耳朵、也訓練您的嘴，聽說讀寫一下子就一次全部都搞定！

本書寫給剛開始接觸美語的讀者，
從一開始就擁有最正確又清晰的資訊，卻是最有趣最好學的方式，
讓您不知不覺就全部吸收，為您打開一扇寬廣的大門，
以後的學習之路都是坦坦大道！

目 錄

Contents

Memo

母 音

Vowels

1 [i]的發音

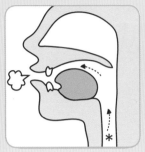

拍照的時候,雙唇拉開,露出牙齒笑一個。

1 怎麼發音呢

　　[i] 的音該怎麼發呢?首先舌頭上升,但是沒有碰到硬顎,留下一條細細的通道。舌頭維持這個姿勢,將嘴唇往兩邊拉,展現迷人的微笑。接著振動聲帶,讓氣流緩緩流出,就可以發出又長又漂亮的 [i] 囉!

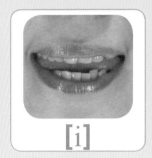

[i]

2 大聲唸出單字喔

邊聽邊練習單字

- sea【si】 ／海
- read【rid】 ／閱讀
- me【mi】 ／我
- tea【ti】 ／茶
- pea【pi】 ／豌豆
- bee【bi】 ／蜜蜂

3 大聲唸出句子喔

- Sheep eats cheese.
  羊吃起士。

- We need a key.
  我們需要一把鑰匙。

- She feeds bees.
  她餵蜜蜂。

4 比較[i]跟[ɪ]的發音

　　兩個母音就像是媽媽和小孩，發音非常相似。[i] 發音比較長，嘴形比較扁平，而 [ɪ] 就是 [i] 的小孩，發音又短又急，嘴形請見 P12。

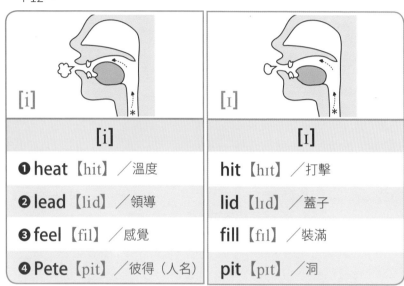

[i]	[ɪ]
❶ heat【hit】／溫度	hit【hɪt】／打擊
❷ lead【lid】／領導	lid【lɪd】／蓋子
❸ feel【fil】／感覺	fill【fɪl】／裝滿
❹ Pete【pit】／彼得（人名）	pit【pɪt】／洞

5 玩玩嘴上體操

It's a pizza Tim's team's eating.

提姆的隊員吃的是比薩。

e 唸成 [i]

❶ Chinese[ˈtʃaɪˈniz]／中國人

❷ me[mi]／我

❸ equal[ˈikwəl]／平等的

ea、ee 唸成 [i]

❶ clean[klin]／清潔的

❷ cream[krim]／奶精

❸ deep[dip]／深的

❹ degree[dɪˈgri]／程度

基礎1　基礎2

[i]

延伸

ie、ei、i 唸成 [i]

❶ chief[tʃif]／長官

❷ either[ˈiðɚ]／也（不）

❸ ski[ski]／滑雪

7 練習一下

請選出正確答案

1. ( ) [hit]	❶ hit 打擊	❷ tih x	❸ heat 溫度
2. ( ) [fil]	❶ life 生活	❷ feel 感覺	❸ please 請

答案　1.③　2.②

2 [ɪ]的發音

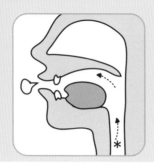

我兒子考試得第「一」啦！

1 怎麼發音呢

　　[ɪ] 是 [i] 的偷懶版。首先是舌頭位置比 [i] 低一點，在 [i] 與 [e] 之間，嘴唇往兩邊分開程度比 [i] 小一點，而且舌頭不用像 [i] 一樣緊繃，發出比 [i] 短的音。別忘了不只是長短音的分別，舌頭與嘴唇的位置也不同喔！

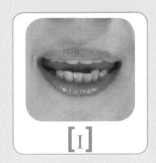

【ɪ】

2 大聲唸出單字喔

邊聽邊練習單字

- kid 【kɪd】／小孩
- sit 【sɪt】／坐下
- it 【ɪt】／它
- sick 【sɪk】／生病
- pig 【pɪg】／豬
- hill 【hɪl】／山丘

3 大聲唸出句子喔

- Billy picks a wig.
  比利撿起一頂假髮。
- It will win.
  它將取得勝利。
- The kid is sick.
  那孩子病了。

13

4 比較[ɪ]跟[ɛ]的發音

在發這兩個母音時，會發現兩者發音位置很像，只是在發 [ɛ] 的時候要把嘴巴張比較大一點喔。請試試看先發一個 [ɪ]，再把嘴巴微微張開，就發出 [ɛ] 這個音了！

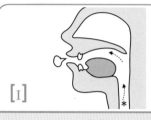

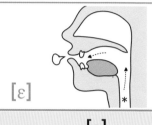

[ɪ]	[ɛ]
❶ pit 【pɪt】 ／坑	pet 【pɛt】 ／寵物
❷ bit 【bɪt】 ／一點	bet 【bɛt】 ／打賭
❸ chick 【tʃɪk】 ／小雞	check 【tʃɛk】 ／檢查
❹ sill 【sɪl】 ／窗台	sell 【sɛl】 ／賣

5 玩玩嘴上體操

It fits, Miss fitz.

費芝小姐，那很適合你。

6

i 唸成 [ɪ]

❶ magic[ˈmædʒɪk]／魔法

❷ ship[ʃɪp]／船

❸ ring[rɪŋ]／戒指

例外的i（字尾是i＋子音＋e）唸成 [aɪ] 而不是 [ɪ]

❶ bit→bite[bɪt]→[baɪt]／少量→咬

❷ fin→fine[fɪn]→[faɪn]／魚鰭→美好的

基礎1　基礎2

[ɪ]

基礎3

y 唸成 [ɪ]

❶ symbol[ˈsɪmbl]／符號

❷ rhythm[ˈrɪðəm]／節奏

❸ lucky[ˈlʌkɪ]／幸運的

7

練習一下

請選出題目中的音標，所能組成的單字

1. ( ) [pɪg]　❶ pet　❷ gap　❸ pig
　　　　　　　　寵物　　　隔閡　　　豬

2. ( ) [ʃɪp]　❶ ship　❷ spi　❸ peach
　　　　　　　　船　　　　x　　　　水蜜桃

答案 1.③　2.①

3 [e]的發音

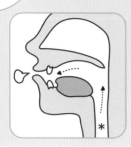 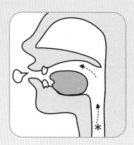

ABCD 的 A 啦！

1 怎麼發音呢

　　將舌頭往前延伸，位置在 [i] 與 [a] 之間，不高也不低，嘴唇往兩邊拉，發出一個長長的 [e]。在英語中 [e] 的發音，舌頭會從原來的位置，緩緩的往上滑向 [ɪ] 的位置，所以是以 [ɪ] 作為結尾，這樣才是漂亮的 [e] 喔！

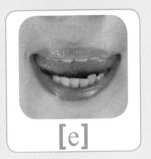

[e]

[ɪ]

2 大聲唸出單字喔

邊聽邊練習單字

- cake【kek】／蛋糕
- nail【nel】／指甲
- late【let】／遲到
- stay【ste】／停留
- mail【mel】／郵件
- great【gret】／很棒

3 大聲唸出句子喔

- **Hey, wait!**
  喂，等等。

- **They make cake.**
  他們做蛋糕。

- **The rain in Spain remains the same.**
  西班牙的雨還是老樣子。

4 比較[e]跟[ɛ]的發音

　　這一組母音也是長短音的關係，把 [e] 發得短一點就是 [ɛ] 啦。請試試看發出一個短音 [ɛ]，再把發音的時間拉長，把嘴形縮小一點，是不是就變成了長音的 [e] 了呢！

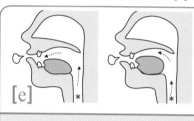
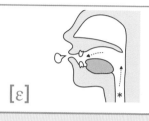

[e]	[ɛ]
❶ late 【let】 ／遲了	let 【lɛt】 ／讓
❷ gate 【get】 ／門	get 【gɛt】 ／得到
❸ pain 【pen】 ／疼痛	pen 【pɛn】 ／原子筆
❹ wait 【wet】 ／等待	wet 【wɛt】 ／濕

5 玩玩嘴上體操

Rain, rain, go away,
come again another day;
Little Johnny wants to play.

大雨大雨不要下，
可不可以改天下，
小強尼想出去玩呀。

18

a 唸成 [e]

❶ pale[pel]／蒼白的

❷ baby[ˈbebɪ]／嬰兒

❸ lady[ˈledɪ]／女士

ai、ay 唸成 [e]

❶ afraid[əˈfred]／害怕的

❷ mail[mel]／郵件

❸ tray[tre]／托盤

❹ day[de]／日子

基礎1　[e]　基礎2

基礎3

ei、ey 唸成 [e]

❶ beige[beʒ]／米黃色

❷ Taipei[ˈtaɪpe]／台北

❸ obey[əˈbe]／遵循

❹ they[ðe]／他們

7

練習一下

請選出正確音標.

1. (　) cake　❶ [kik]　❷ [kek]　❸ [pek]
蛋糕

2. (　) wait　❶ [wet]　❷ [we]　❸ [he]
等待

答案　1. ② 　2. ①

4 [ɛ]的發音

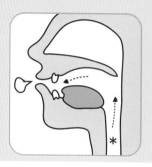

哇！這床很棒「也」！

1 怎麼發音呢

　　[ɛ] 的發音部位很接近 [e]。首先舌頭往前延伸，位置比 [e] 低一點，卻又比 [æ] 高一些。嘴唇自然微張，比 [ɪ] 大一點。接著振動聲帶，輕鬆發出比 [e] 短一點的音，聽起來很像中文的「也」。

【ɛ】

2 大聲唸出單字喔

邊聽邊練習單字

- head【hɛd】／頭
- men【mɛn】／男人
- best【bɛst】／最好的
- sell【sɛl】／賣
- egg【ɛg】／雞蛋
- enter【'ɛntɚ】／進入

3 大聲唸出句子喔

- Let's get some rests.
  我們休息一下吧。

- The red desk has four legs.
  紅書桌有四隻腳。

- The vet said the pet is in bed.
  獸醫說那隻寵物已經睡了。

4 比較 [ɛ] 跟 [æ] 的發音

請試試看先發一個 [ɛ]，再慢慢地把嘴巴張大拉長，同時舌頭也要用力壓低，這樣就可以發出 [æ] 了喔！

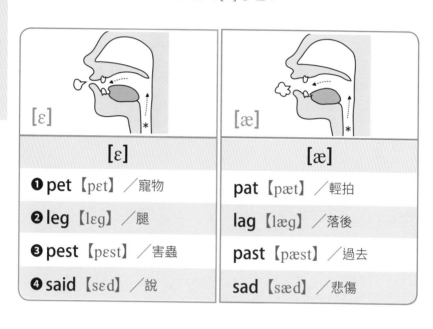

[ɛ]	[æ]
❶ pet【pɛt】／寵物	pat【pæt】／輕拍
❷ leg【lɛg】／腿	lag【læg】／落後
❸ pest【pɛst】／害蟲	past【pæst】／過去
❹ said【sɛd】／說	sad【sæd】／悲傷

5 玩玩嘴上體操

Fred fed Ted bread, and Ted fed Fred bread.

弗德餵泰德麵包，泰德餵弗德麵包。

6
10 倍速音標記憶網 ─ 哪些字母或字母組合唸成[ɛ]

e 唸成 [ɛ]

❶ hotel[hoˈtɛl]／旅館

❷ pen[pɛn]／筆

❸ dress[drɛs]／洋裝

ea 唸成 [ɛ]

❶ heavy[ˈhɛvɪ]／沈重的

❷ weather[ˈwɛðɚ]／天氣

❸ steady[ˈstɛdɪ]／穩定的

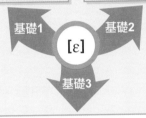

基礎1　基礎2　[ɛ]　基礎3

a、ai、ay、ie、u 唸成 [ɛ]

❶ many[ˈmɛnɪ]／很多

❷ stairs[stɛrs]／階梯

❸ prayer[prɛr]／祈禱

❹ friend[frɛnd]／朋友

❺ bury[ˈbɛrɪ]／埋葬

7
練習一下

請選出缺少的音標

1. (　) head [h_d]　　❶ [ɛ]　❷ [b]　❸ [e]
頭

2. (　) pet [p_t]　　❶ [æ]　❷ [ɛ]　❸ [g]
寵物

答案　1.①　2.②

5 [æ]的發音

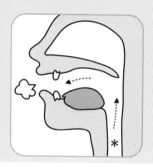

嘴巴上下、左右大大張開喔「ㄟ」！

1 怎麼發音呢

　　長得很像蝴蝶的 [æ]，發音很容易跟 [ɛ] 搞混喔！先發出 [ɛ] 的音，再調整嘴形，上下開口大一點。舌頭從 [ɛ] 的位置往下移。接著舌頭稍微用力，才能發出與 [ɛ] 不同的蝴蝶音喔！

[æ]

2 大聲唸出單字喔

邊聽邊練習單字

- cat 【kæt】／貓
- rat 【ræt】／老鼠
- ax 【æks】／斧頭
- bat 【bæt】／球棒
- ant 【ænt】／螞蟻
- sand 【sænd】／沙子

3 大聲唸出句子喔

- Cats catch rats.
  貓捉老鼠。

- My dad is mad.
  爸爸在生氣。

- Jack asks Mathew to fax him.
  傑克要馬修傳真給他。

4 比較[æ]跟[ʌ]的發音 🔊

　　[æ] 是個力量很強大的母音，發音時需要嘴角和舌頭都用力，相對的 [ʌ] 不需要太用力。請試著比較下面四組發音，感受一下在發這兩個母音時所需要力量的不同。

[æ]	[ʌ]
❶ bat【bæt】／球棒	but【bʌt】／但是
❷ cap【kæp】／棒球帽	cup【kʌp】／杯子
❸ fan【fæn】／歌迷	fun【fʌn】／有趣
❹ apple【ˈæpl】／蘋果	couple【ˈkʌpl】／一雙

5 玩玩嘴上體操 🔊

Fat frogs fly past fast and the last exactly lapses into a gap at last.

　　胖青蛙一隻隻飛過去，結果最後一隻正巧掉進縫裡。

6

10 倍速音標記憶網 — 哪些字母或字母組合唸成[æ]

a 唸成 [æ]

❶ back[bæk]
　／背後
❷ arrow[ˈæro]
　／箭號
❸ flag[flæg]
　／旗子

基礎1 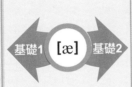 [æ] 基礎2

例外的a（字尾是a＋子音＋e時）唸成 [e] 而不是 [æ]

[æ] → [e]

❶ mat→mate
　[mæt] → [met]
　／墊子→伙伴
❷ plan→plane
　[plæn]→[plen]
　／計畫→飛機
❸ rat→rate
　[ræt]→[ret]
　／老鼠→比率

7

練習一下

請選出正確答案

1.(　) cap　❶ [kɛp]　❷ [kʌp]　❸ [kæp]
　　帽子

2.(　) bat　❶ [bæt]　❷ [bʌt]　❸ [bɛt]
　　球棒

答案 1.③　2.①

6 [a]的發音

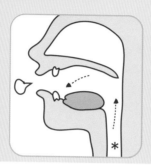

坐在牙醫的椅子上，嘴巴張大大的「啊」。

1 怎麼發音呢

　　[a] 就像是看牙醫時，醫生叫你把嘴巴張開，「啊～」。舌頭的位置最低，但不只是平放，後半部要微微上升。嘴巴大大張開，比 [æ] 還要大。舌頭不用像 [æ] 一樣用力，輕鬆發出 [a] 的音就可以了。

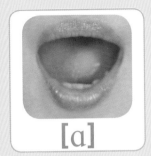

[ɑ]

2 大聲唸出單字喔

邊聽邊練習單字

- top 【tɑp】／頂端
- shop 【ʃɑp】／商店
- hot 【hɑt】／熱
- socks 【sɑks】／襪子
- knock 【nɑk】／敲
- box 【bɑks】／箱子

3 大聲唸出句子喔

- The pot is hot.
  那個水壺很燙。

- The frog is calm in the pond.
  青蛙安安靜靜待在池塘裡。

- Her column is on the top of this page.
  她的專欄在這版的最上面。

4 比較[ɑ]跟[ɑr]的發音

[ɑr] 就是在 [ɑ] 後面多加上一個捲舌音，請比較下面各組發音，感受一下多了 [r] 和少了 [r] 的發音有什麼不同。

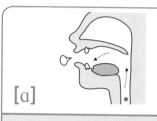 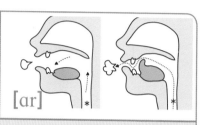

[ɑ]	[ɑr]
❶father【ˈfɑðɚ】／父親	farther【ˈfɑrðɚ】／更遠
❷lodge【lɑdʒ】／房子	large【lɑrdʒ】／廣闊
❸pot【pɑt】／壺	part【pɑrt】／一部份
❹stop【stɑp】／停止	start【stɑrt】／開始

5 玩玩嘴上體操

If one doctor doctors another doctor, does the doctor who doctors the doctor doctor the doctor the way the doctor he is doctoring doctors?

如果有個醫生醫治另一個醫生，那麼醫治這個醫生的醫生，會不會以醫治這個醫生的醫法，來醫治其他醫生？

6

10 倍速音標記憶網 — 哪些字母或字母組合唸成[ɑ]

o 唸成 [ɑ]

❶ job[dʒɑb]／工作

❷ fox[fɑks]／狐狸

❸ model[ˈmɑdl]／模型

例外的o（字尾是o＋子音＋e 時）要唸 [o] 而不是 [ɑ]

[ɑ] → [o]

❶ mop → mope[map] → [mop]

／拖把→鬱悶的

❷ not → note[nɑt] → [not]

／不→筆記

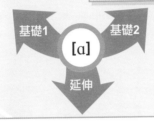

基礎1　基礎2

[ɑ]

延伸

a 唸成 [ɑ]（前面通常接qu、w）

❶ quality[ˈkwɑlətɪ]／品質

❷ squat[skwɑt]／蹲著

❸ wallet[ˈwɑlɪt]／皮夾

7

練習一下

請選出正確單字

1. (　) [hɑt]　❶ hot　❷ hat　❸ hate
　　　　　　　　　熱　　　帽子　　　恨

2. (　) [bɑks]　❶ bat　❷ ball　❸ box
　　　　　　　　　球棒　　　球　　　盒子

答案　1. ①　2. ③

7 [ɔ]的發音

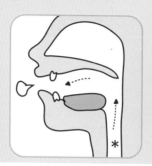

嘴巴裡面好像有一個黑洞窟！

1 怎麼發音呢

　　看看 [ɔ] 的長相是不是很像開了口的 [o] 啊？沒錯，[ɔ] 的嘴形就像打開的 [o]，比 [o] 大一點，舌頭的後半部雖然上升，但是位置比 [o] 還要低。[ɔ] 跟 [o] 的嘴形跟舌頭位置是不一樣的喔！

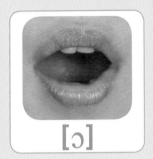

[ɔ]

2 大聲唸出單字喔

邊聽邊練習單字

- fault【fɔlt】／錯
- call【kɔl】／叫
- naughty【'nɔtɪ】／調皮
- bald【bɔld】／禿頭
- law【lɔ】／法律
- cost【kɔst】／花費

3 大聲唸出句子喔

- Let's play seesaw.
  我們來玩翹翹板吧！

- Paul is wrong.
  保羅錯了。

- The tall girl saw some fog.
  高個子的女孩看到一些霧。

4 比較[ɔ]跟[ɑ]的發音

　　[ɔ] 的嘴形比 [ɑ] 還小，舌頭比較放鬆，送氣時有點向內縮，在尾端忽然停住的感覺，不像 [ɑ] 那樣將氣完全的送出口。

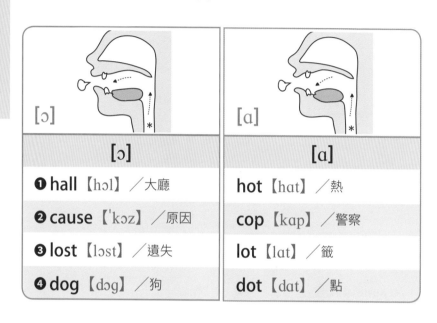

[ɔ]	[ɑ]
❶ hall【hɔl】／大廳	hot【hɑt】／熱
❷ cause【ˋkɔz】／原因	cop【kɑp】／警察
❸ lost【lɔst】／遺失	lot【lɑt】／籤
❹ dog【dɔg】／狗	dot【dɑt】／點

5 玩玩嘴上體操

Offer a proper cup of coffee in a proper coffee cup.

適當的咖啡杯提供適當的咖啡。

6

au、aw、o 唸成 [ɔ]

❶ autumn[ˈɔtəm]／秋天

❷ hawk[hɔk]／鷹

❸ song[sɔŋ]／歌曲

a（通常後面接l）唸成 [ɔ]

❶ ball[bɔl]／球

❷ install[ɪnˈstɔl]／安裝

❸ talk[tɔk]／談話

基礎1　基礎2

[ɔ]

基礎3

ou 唸成 [ɔ]

❶ ought[ɔt]／應該

❷ thoughtful[ˈθɔtfəl]／有思想性的

❸ cough[kɔf]／咳嗽

7

練習一下

請選出正確單字

1. (　) [lɔ]　❶ wolf　　❷ law　　❸ love
　　　　　　　　 狼　　　　 法律　　　 喜愛

2. (　) [kɔl]　❶ copy　　❷ come　　❸ call
　　　　　　　　 複製　　　 來　　　　 叫喚

答案 ▶ 1. ②　　2. ③

35

8 [o]的發音

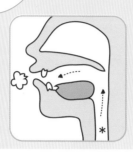 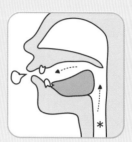

看到貓抓老鼠的一瞬間，發出一聲「喔」！

1
怎麼發音呢

　　音標 [o] 跟字母 O 的外型很像，發音時嘴唇成 O 型，開口比吹蠟燭的 [u] 大一點。舌頭的後半部往後往上升，位置比 [u] 低一點。在英語中，長音 [o] 的發音部位通常會緩緩滑向 [ʊ]！

[o]

[ʊ]

2 大聲唸出單字喔

邊聽邊練習單字

- coat【kot】／大衣

- goat【got】／山羊

- note【not】／筆記

- vote【vot】／投票

- sold【sold】／賣

- slow【slo】／慢的

3 大聲唸出句子喔

- The notebook is sold.
  這台筆記型電腦已經賣出。

- The stone rolled to the road.
  石頭滾到道路上。

- Please turn off the oven.
  請關掉瓦斯爐。

4 比較[o]跟[ɔ]的發音

[o] 的嘴形用力縮成一個小圓形,發音比較長,送氣也比較完全。而 [ɔ] 的嘴形張得比較大,嘴角也比較放鬆,發音較短促,送氣較不完全,有種突然停止的感覺。

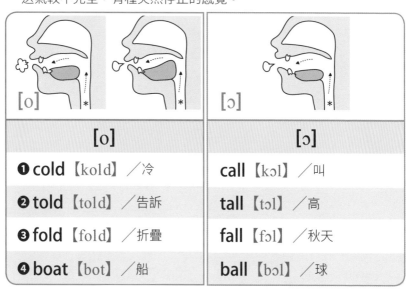

[o]	[ɔ]
❶ cold【kold】／冷	call【kɔl】／叫
❷ told【told】／告訴	tall【tɔl】／高
❸ fold【fold】／折疊	fall【fɔl】／秋天
❹ boat【bot】／船	ball【bɔl】／球

5 玩玩嘴上體操

Old oily Ollie oils old oily autos.

又老又油腔滑調的歐力,給又舊又油的汽車加油。

6

10 倍速音標記憶網 — 哪些字母或字母組合唸成[o]

o 唸成 [o]

❶ both[boθ]／兩者都…

❷ local['lokl]／本地

❸ mango['mæŋgo]／芒果

oa、ow 唸成 [o]

❶ oak[ok]／橡木

❷ loaf[lof]／（一條或一塊）麵包

❸ narrow['næro]／窄的

❹ own[on]／擁有

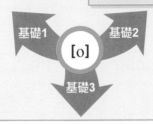

基礎1　基礎2　基礎3

[o]

ew、oe、ou 唸成 [o]

❶ sew[so]／縫合

❷ toe[to]／腳趾

❸ shoulder['ʃoldɚ]／肩膀

7

練習一下

請選出正確音標

1. ( ) goat　**❶** [gɛt]　**❷** [got]　**❸** [gɔt]
　 山羊

2. ( ) tall　**❶** [tɔl]　**❷** [tol]　**❸** [tɛl]
　 高

答案　1. ② 　2. ①

9 [ʊ]的發音

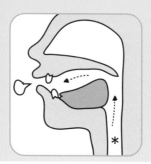

嘴唇圓圓的向前凸出，book 的 oo。

1 怎麼發音呢

　　[ʊ] 跟 [u] 不只長得很像，發音方式也很類似。首先 [ʊ] 的嘴形比 [u] 大一點，舌頭後半部上升，嘴唇與舌頭放鬆，振動聲帶，就可以輕鬆發出一個短音的 [ʊ] 了。

[ʊ]

2 大聲唸出單字喔

邊聽邊練習單字

- pudding【ˈpʊdɪŋ】／布丁
- wool【wʊl】／羊毛
- put【pʊt】／放置
- look【lʊk】／看
- pull【pʊl】／拉
- would【wʊd】／將會

3 大聲唸出句子喔

- Little red riding hood put puddings in the woods.
  小紅帽把布丁放在樹林裡。

- He looked at his foot.
  他看著自己的腳。

- I could cook some food.
  我可以煮些食物。

4 比較[ʊ]跟[o]的發音

[ʊ] 和 [o] 比較起來，發音較短促、送氣比較不完全，有種發音到最後時忽然停止送氣的感覺、嘴形比較扁、舌頭的位置比較高。

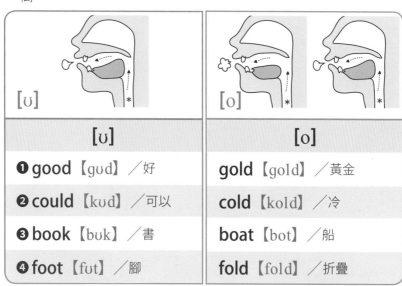

[ʊ]	[o]
❶ good【gʊd】／好	gold【gold】／黃金
❷ could【kʊd】／可以	cold【kold】／冷
❸ book【bʊk】／書	boat【bot】／船
❹ foot【fʊt】／腳	fold【fold】／折疊

5 玩玩嘴上體操

How much wood would a woodchuck chuck if a woodchuck could chuck wood?

如果土撥鼠會撥弄木頭，那土撥鼠會撥弄多少木頭？

6

10 倍速音標記憶網 — 哪些字母或字母組合唸成[ʊ]

oo 唸成 [ʊ]

❶ wool[wʊl]

／羊毛

❷ bookshelf[ˈbʊkˌʃɛlf]

／書架

❸ childhood[ˈtʃaɪldˌhʊd]

／兒童時期

基礎1　[ʊ]　基礎2

u 唸成 [ʊ]

❶ fulfill[fʊlˈfɪl]

／完成

❷ bull[bʊl]

／公牛

❸ hook[hʊk]

／鉤子

7

練習一下

請選出缺少的音標

1. (　) good [g_d]　　❶ [ʊ]　　❷ [o]　　❸ [ɔ]
　　　好

2. (　) put [p_t]　　❶ [o]　　❷ [ʊ]　　❸ [ɔ]
　　　放置

答案　1. ①　2. ②

10 [u]的發音

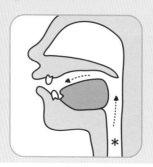

吹口哨的嘴形。

1 怎麼發音呢

　　首先將嘴唇嘟成圓形，像吹口哨一樣。接著將舌頭的後半部往後往上延伸，但是沒有碰到軟顎，留下一條細細的通道。最後振動聲帶，嘴唇與舌頭稍微用力，就可以發出長長的 [u] 了。

[u]

2 大聲唸出單字喔

邊聽邊練習單字

- tooth【tuθ】／牙齒
- cool【kul】／酷
- who【hu】／誰
- zoo【zu】／動物園
- room【rum】／房間
- rule【rul】／規則

3 大聲唸出句子喔

- Who use the tools in my room?
  誰用了我房裡的工具？

- The fool shoots his shoes into the pool.
  那個傻瓜把他的鞋子射進了游泳池裡。

- The moon is blue through the brook.
  從溪裡看到的月亮是藍色的。

4 比較[u]跟[ʊ]的發音

[u] 和 [ʊ] 長的很像，兩者最主要的差異就是音的長短，[ʊ] 是短音送氣較短促，嘴形較大，嘴唇與舌頭放鬆，不像 [u] 那麼圓。而 [u] 的發音比較長，可以把氣送完全。

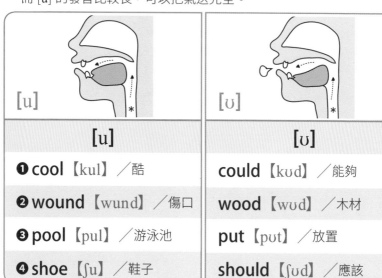

[u]	[ʊ]
❶ cool【kul】／酷	could【kʊd】／能夠
❷ wound【wund】／傷口	wood【wʊd】／木材
❸ pool【pul】／游泳池	put【pʊt】／放置
❹ shoe【ʃu】／鞋子	should【ʃʊd】／應該

5 玩玩嘴上體操

If a dog chews shoes, whose shoes does he choose?

如果狗會咬鞋子，它會選擇誰的鞋子咬？

6

oo 唸成 [u]

❶ goose[gus]／鵝

❷ tooth[tuθ]／牙齒

❸ loose[lus]／鬆的

u、o、ou 唸成 [u]

❶ truth[truθ]／事實

❷ moving['muvɪŋ]／動人的

❸ through[θru]／貫穿

基礎1　　基礎2

[u]

基礎3

ew、ue、ui 唸成 [u]

❶ interview['ɪntɚ,vju]／訪問

❷ glue[glu]／膠水

❸ fruit[frut]／水果

7

練習一下

請選出正確答案

1. ( ) cool　　❶ [kɑl]　　❷ [kul]　　❸ [kʊl]
　　　冷

2. ( ) wood　　❶ [wɑd]　　❷ [wud]　　❸ [wʊd]
　　　木頭

答案　1.②　　2.③

11 [ɝ]的發音

track11

嘴巴不用太開，舌頭捲起來，小鳥「兒」的「兒」。

1 怎麼發音呢

　　看 [ɝ] 的長相是不是很像阿拉伯數字 3 長了尾巴呢？這個母音就類似中文的「ㄓ、ㄔ、ㄕ」一樣，是捲舌音，常使用在重音節。先嘴唇微微張開，把舌頭捲起來，再試著發出 [ɚ]，就可以發出 [ɝ] 這個捲舌音了。

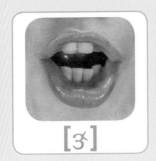

【ɝ】

2 大聲唸出單字喔

邊聽邊練習單字

- turtle 【ˈtɝtl】／烏龜
- early 【ˈɝlɪ】／早
- bird 【bɝd】／鳥
- nervous 【ˈnɝvəs】／緊張
- dirt 【dɝt】／灰塵
- prefer 【prɪˈfɝ】／較喜歡…

3 大聲唸出句子喔

- This is her thirteenth birthday.
  這是她十三歲的生日。

- The girl heard a bird singing.
  女孩聽到鳥叫。

- The dirt made me nervous.
  灰塵讓我很緊張。

4 比較[ɝ]跟[ɚ]的發音

　　[ɝ] 和 [ɚ] 都是捲舌音，嘴形類似，發音不同的關鍵點在舌頭喔！[ɝ] 的舌頭後捲較多，所以聽起來捲舌音比較重。請捲起舌頭試試看捲舌輕重吧！

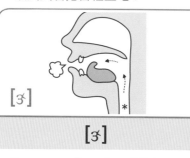

[ɝ]	[ɚ]
❶ serve【sɝv】／服務	center【ˈsɛntɚ】／中心
❷ stir【stɝ】／攪拌	polar【polɚ】／極地的
❸ pearl【pɝl】／珍珠	comforting【ˈkʌmfɚtɪŋ】／安慰
❹ world【wɝld】／世界	eastward【ˈistwɚd】／向東的

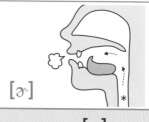

5 玩玩嘴上體操

**Early bird learned a new word.
I heard the bird blurb the word.
Blur, blur, blur.**

早起的鳥兒學了個新字，
我聽到鳥兒唱著個新字，
布勒布勒布勒。

6

10 倍速音標記憶網 — 哪些字母或字母組合唸成[ɝ]

er、ir、ur 唸成 [ɝ]

❶ universe[ˈjunəˌvɝs]／宇宙

❷ third[θɝd]／第三

❸ Thursday[ˈθɝzde]／星期四

or（通常在w後面）唸成 [ɝ]

❶ worm[wɝm]／蟲

❷ word[wɝd]／字

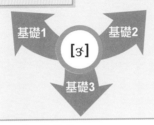

基礎1　[ɝ]　基礎2

基礎3

ear 唸成 [ɝ]

❶ learner[lɝnɚ]／學習者

❷ search[sɝtʃ]／檢查

❸ earnest[ˈɝnɪst]／認真的

7

練習一下

請選出正確答案

1. ( ) [bɝd]　❶ bid　❷ brd　❸ bird
　　　　　　　　　命令　　　　x　　　　鳥

2. ( ) [ˈɝlɪ]　❶ early　❷ rly　❸ orly
　　　　　　　　　　早　　　　x　　　　x

答案 1.③　2.①

track12 **12** [ɚ]的發音

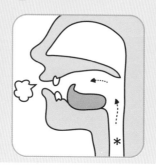

老婆害喜了，「噁噁噁」！

1

怎麼發音呢

　　[ɚ] 是個捲舌音，要發出 [ɚ] 這個音，首先要把舌頭向後捲，舌尖頂到接近軟顎的地方，舌頭的位置壓低，下巴壓低，就可以發出一個完美的 [ɚ] 了。

【ɚ】

2 大聲唸出單字喔

邊聽邊練習單字

- layer 【'leɚ】 ／層
- over 【'ovɚ】 ／超過
- modern 【'madɚn】 ／現代的
- sister 【'sɪstɚ】 ／妹妹
- outer 【'aʊtɚ】 ／外部的
- finger 【'fɪŋgɚ】 ／手指

3 大聲唸出句子喔

- The popular scholar sponsored the venture.
  那位受歡迎的學者，贊助這次的冒險行動。

- The wizards gathered altogether.
  巫師們通通聚在一起。

- The author is eager to go across the border.
  那位作家很想要出國。

4 比較[ɚ]跟[ɝ]的發音

　　[ɚ] 和 [ɝ] 都是捲舌音，嘴形類似，發音不同的關鍵點在舌頭喔！[ɚ] 的舌頭後捲較少，所以聽起來捲舌音沒那麼重。請捲起舌頭試試看捲舌輕重吧！

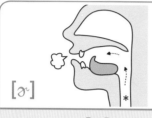
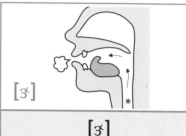

[ɚ]	[ɝ]
❶ inner 【ˈɪnɚ】／內部	her 【hɝ】／她
❷ effort 【ˈɛfɚt】／努力	hurt 【hɝt】／傷
❸ eastern 【ˈistɚn】／東方	learn 【lɝn】／學習
❹ survey 【sɚˈve】／調查	nervous 【ˈnɝvəs】／緊張

5 玩玩嘴上體操

The vigor shepherd wandered in the wilderness.

那位精神飽滿的牧羊人在荒野中漫步。

er 唸成 [ɚ]

❶ bother['baðɚ]／打擾

❷ summer['sʌmɚ]／夏天

❸ after['æftɚ]／在…之後

or 唸成 [ɚ]

❶ color['kʌlɚ]／顏色

❷ comfortable['kʌmfɚtəbl]／舒服的

❸ doctor['daktɚ]／醫生

基礎1　基礎2

[ɚ]

基礎3

ar、ur 唸成 [ɚ]

❶ beggar['bɛgɚ]／乞丐

❷ backward['bækwɚd]／向後

❸ culture['kʌltʃɚ]／文化

❹ Saturday['sætɚde]／星期六

7 練習一下

請選出畫底線的音標

1. ( ) fin<u>ger</u>　❶ [ɝ]　　❷ [ɚ]　　❸ [ə]
　　　手指

2. ( ) <u>o</u>ver　❶ [ɝ]　　❷ [ɚ]　　❸ [ə]
　　　超過

答案　1. ②　2. ②

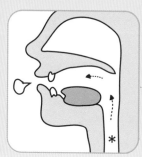

13 [ə]的發音

「呃」！今天吃太飽了。

1 怎麼發音呢

[ə] 的發音位置是所有母音最為放鬆的。因為它的嘴形微開，不大也不小。舌頭的位置在口腔中央，不高也不低，不前也不後。只要振動聲帶，就可以輕鬆發出 [ə] 的音囉！這也難怪 [ə] 通常出現在非重音的音節呢！

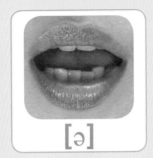

[ə]

2 大聲唸出單字喔

邊聽邊練習單字

- police 【pəˈlis】／警察
- us 【əs】／我們
- ago 【əˈgo】／之前
- offend 【əˈfɛnd】／冒犯
- heaven 【ˈhɛvən】／天堂
- holiday 【ˈhɑləˌde】／假日

3 大聲唸出句子喔

- The department store is about to open.
  百貨公司就快要開門了。

- Both of us look at the composition above.
  我們兩個都很仔細地閱讀上面那篇文章。

- Seven plus eleven is eighteen.
  七加十一等於十八。

4 比較[ə]跟[æ]的發音

　　[ə] 和 [æ] 像是鬆弛和緊繃的皮球，發音力道完全相反。[ə] 的發音位置最放鬆，像不經意打了個嗝，而 [æ] 最用力，像刻意學鴨子叫一樣，用力得拉開嘴壓低舌頭。

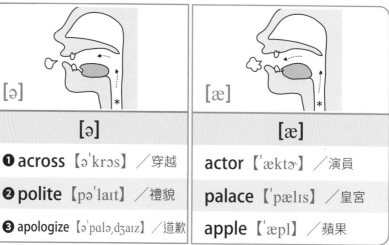

[ə]	[æ]
❶ across【əˈkrɔs】／穿越	actor【ˈæktɚ】／演員
❷ polite【pəˈlaɪt】／禮貌	palace【ˈpælɪs】／皇宮
❸ apologize【əˈpɑləˌdʒaɪz】／道歉	apple【ˈæpl】／蘋果

5 玩玩嘴上體操

Sicken chicken in the kitchen has taken the medicine.

廚房裡那隻得病的雞已經吃了藥了。

6

10 倍速音標記憶網 — 哪些字母或字母組合唸成[ə] 🔊

a、e、i 唸成 [ə]

❶ around[ə'raʊnd]／在周圍

❷ necessity[nə'sɛsətɪ]／必要

❸ mistake[mə'stek]／錯誤

o、u 唸成 [ə]

❶ lemonade[,lɛmən'ed]／檸檬水

❷ holiday['hɑlə,de]／假日

❸ fortune['fɔrtʃən]／運氣

❹ hopeful['hopfəl]／有希望的

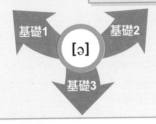

基礎1　基礎2

[ə]

基礎3

ou 唸成 [ə]

❶ jealous['dʒɛləs]／妒忌的

❷ obvious['ɑbvɪəs]／明顯的

❸ famous['feməs]／有名的

7

練習一下

請選出正確單字

1. ( ) [əs]　❶ os　　　❷ as　　　❸ us
　　　　　　　 x　　　　 就如同　　　 我們

2. ( ) [ə'go]　❶ ego　　❷ ago　　❸ ogo
　　　　　　　　 自我　　　 以前　　　 x

答案 ▶ 1. ③　2. ②

59

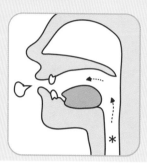

14 [ʌ]的發音

「啊！」錢包不見了！

1
怎麼發音呢

　　[ʌ] 與 [ə] 的發音位置相當接近，舌頭同樣放在口腔中央，跟 [ɔ] 差不多低。跟 [ə] 不同的地方是，[ʌ] 比較常出現在重音音節。

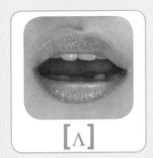

[ʌ]

2 大聲唸出單字喔

邊聽邊練習單字

- cut【kʌt】 ／剪
- fun【fʌn】 ／有趣的
- duck【dʌk】 ／鴨子
- button【'bʌtn】 ／按鈕
- lucky【'lʌkɪ】 ／幸運的
- under【'ʌndɚ】 ／在…之下

3 大聲唸出句子喔

- The runner won with luck.
  賽跑選手幸運地贏了比賽。

- The hungry hunter ate the duck.
  飢腸轆轆的獵人吃了鴨子。

- A bug sunk in the cup.
  有隻蟲沉進杯中。

4 比較[ʌ]跟[ɑ]的發音

[ʌ] 比較含蓄，嘴形較小，發音位置較輕鬆不刻意，送氣方式也比較短促。[ɑ] 十分的外放，把嘴巴張到最大，舌頭位置是所有母音最低，再完全送氣發出聲音。

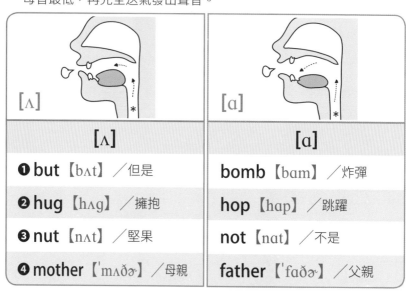

[ʌ]	[ɑ]
❶ but 【bʌt】／但是	bomb 【bɑm】／炸彈
❷ hug 【hʌg】／擁抱	hop 【hɑp】／跳躍
❸ nut 【nʌt】／堅果	not 【nɑt】／不是
❹ mother 【ˈmʌðɚ】／母親	father 【ˈfɑðɚ】／父親

5 玩玩嘴上體操

Big bog bugs love thick long logs.

大沼澤蟲喜歡又粗又長的木頭。

u 唸成 [ʌ]

❶ pub[pʌb]

╱小酒店

❷ lung[lʌŋ]

╱肺

❸ such[sʌtʃ]

╱如此的

基礎1 [ʌ] 基礎2

o、ou 唸成 [ʌ]

❶ sometimes[ˈsʌmtaɪmz]

╱有時

❷ color[ˈkʌləˈ]

╱顏色

❸ rough[rʌf]

╱粗略的

❹ young[jʌŋ]

╱年輕的

7

練習一下

請選出缺少的音標

1. ( ) duck [d_k]　　❶ [ɑ]　　❷ [ʌ]　　❸ [ə]
鴨子

2. ( ) not [n_t]　　❶ [ɑ]　　❷ [ʌ]　　❸ [ə]
不是

答案 1. ② 　 2. ①

15 [aɪ]的發音

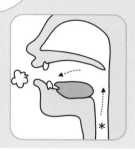 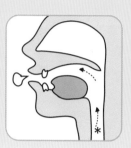

我「愛」妳的「愛」啦！

1

怎麼發音呢

　　看看 [aɪ] 的形狀，是不是很像 [ɑ] 和 [ɪ] 的合體呢？沒錯，發音時也是這兩個母音的合體喔！首先先發 [ɑ] 的音，接著慢慢帶出緊接在後的 [ɪ]，一個都不能漏。聽起來像中文的「愛」就成功了！

[a]

[ɪ]

2 大聲唸出單字喔

邊聽邊練習單字

- ice 【aɪs】 ／冰

- sky 【skaɪ】 ／天空

- right 【raɪt】 ／右邊

- decide 【dɪˈsaɪd】 ／決定

- night 【naɪt】 ／晚上

- behind 【bɪˈhaɪnd】 ／後面

3 大聲唸出句子喔

- The light is right behind you.
  燈就在你後面。

- Butterflies fly in the sky.
  蝴蝶在天上飛。

- The child cried all night.
  那個孩子整晚哭鬧。

4 比較[aɪ]跟[ɑ]的發音

　　[aɪ] 和 [ɑ] 裡面都有 [ɑ]，但是雙母音 [aɪ] 中的 [ɑ] 因為被 [ɪ] 給同化了，發音的位置比原本的 [ɑ] 低，所以在發 [aɪ] 時要把舌頭壓得比較低，讓嘴形也變得比較扁喔。

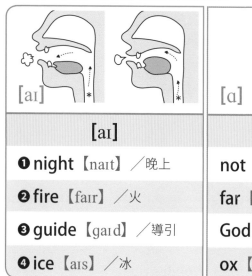

[aɪ]	[ɑ]
❶ **night**【naɪt】／晚上	**not**【nɑt】／不是
❷ **fire**【faɪr】／火	**far**【fɑr】／遠的
❸ **guide**【gaɪd】／導引	**God**【gɑd】／神
❹ **ice**【aɪs】／冰	**ox**【ɑks】／牛

5 玩玩嘴上體操

I like the nice idea Mike provided.

我喜歡麥克提出的那個不錯的點子。

66

6

10 倍速音標記憶網 — 哪些字母或字母組合唸成[aɪ] 🔊

i 唸成 [aɪ]

❶ alike[əˈlaɪk]／相似的

❷ climb[klaɪm]／攀爬

❸ advice[ədˈvaɪs]／忠告

y 唸成 [aɪ]

❶ type[taɪp]／打字

❷ fry[fraɪ]／油炸

❸ motorcycle[ˈmotəˌsaɪkl]／機車

基礎1　基礎2

[aɪ]

延伸

ie 唸成 [aɪ]

❶ fried[fraɪd]／油炸的

❷ lie[laɪ]／謊言

❸ tie[taɪ]／領帶

7

練習一下

請選出正確答案

1. ( ) [skaɪ]　❶ sky　❷ skr　❸ ski
　　　　　　　　天空　　　x　　　滑雪

2. ( ) [naɪt]　❶ not　❷ note　❸ night
　　　　　　　　不是　　　筆記　　　晚上

答案 1. ① 2. ③

16 [aʊ]的發音

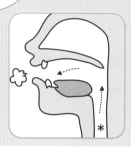 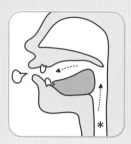

腳去踢到桌腳了，痛死了！「啊嗚」！

1
怎麼發音呢

　　[aʊ] 是由 [a] 和 [ʊ] 所組成的雙母音，所以，在發這個音時，要先張大嘴巴，發出 [a] 的音，再馬上把嘴巴縮小，發出 [ʊ] 的音，這樣把兩個母音依序發音，就是 [aʊ] 的正確發音啦！聽起來有點像踢到桌腳發出的哀嚎聲「啊嗚」喔！

[a]

[ʊ]

2 大聲唸出單字喔

邊聽邊練習單字

- out【aʊt】／外面
- owl【aʊl】／貓頭鷹
- cloud【klaʊd】／雲
- now【naʊ】／現在
- mouth【maʊθ】／嘴巴
- however【haʊˈɛvɚ】／然而

3 大聲唸出句子喔

- I found owls outside the house.
  我發現屋子外面有貓頭鷹。

- Don't shout at our cow.
  不要對我們的牛大叫。

- I doubt the tower is in the town.
  我懷疑那座塔在城裡。

4 比較[aʊ]跟[ɔ]的發音

　　[aʊ] 和 [ɔ] 看起來好像完全不同，但當 [a] 後面加上 [ʊ] 後，發音變得跟 [ɔ] 有點類似了，兩者雖然發音相似，但 [aʊ] 在尾音時嘴巴要向內縮，不像 [ɔ] 是一直都是微微張開的喔。

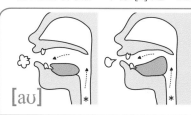
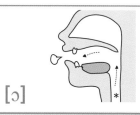

[aʊ]	[ɔ]
❶ cow【kaʊ】／牛	cause【ˈkɔz】／原因
❷ south【saʊθ】／南方	sauce【sɔs】／醬料
❸ loud【laʊd】／大聲	law【lɔ】／法律
❹ found【faʊnd】／找到	fault【fɔlt】／錯

5 玩玩嘴上體操

How about going out now?

不如現在出去如何？

ou 唸成 [aʊ]

❶ without[wɪð'aʊt]

／沒有

❷ cloud[klaʊd]

／雲朵

❸ about[ə'baʊt]

／關於

基礎1 [aʊ] 基礎2

ow 唸成 [aʊ]

❶ cow[kaʊ]

／乳牛

❷ crowd[kraʊd]

／群眾

❸ downstairs[ˌdaʊn'stɛrz]

／樓下的

7

練習一下

請選出正確答案

1. ( ) cloud ❶ [klʊd] ❷ [klɑd] ❸ [klaʊd]
　　雲

2. ( ) now ❶ [naʊ] ❷ [nʊ] ❸ [nɑ]
　　現在

答案 1. ③ 2. ①

17 [ɔɪ]的發音

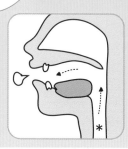 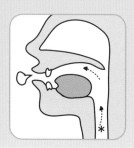

嘴巴像含著一個蛋,發出救護車的聲音「喔乙~喔乙~」。

1
怎麼發音呢

　　[ɔɪ] 這個音是由 [ɔ] 和 [ɪ] 組成的雙母音,發音時嘴巴要先嘟成圓形,發出 [ɔ] 的音,再把嘴巴慢慢拉開,嘴形變成又細又長,發出 [ɪ] 這個音。兩個音連在一起有點像救護車出動時,發出「喔乙~喔乙~」的聲音喔!

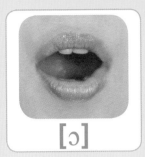

[ɔ]

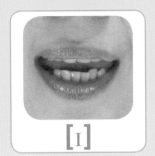

[ɪ]

2 大聲唸出單字喔

邊聽邊練習單字

- boy 【bɔɪ】 ／男孩
- coin 【kɔɪn】 ／硬幣
- oil 【ɔɪl】 ／油
- noisy 【'nɔɪzɪ】 ／吵鬧
- toy 【tɔɪ】 ／玩具
- avoid 【ə'vɔɪd】 ／避免

3 大聲唸出句子喔

- The boy's voice is noisy.
  男孩的聲音很吵。

- The poet wrote a poem.
  詩人寫了首詩。

- The soy beans are poisoned.
  黃豆被下毒了。

73

4 比較[ɔɪ]跟[o]的發音 🔊

[ɔɪ] 是由兩個短母音所組成的雙母音，兩個母音拼在一起，所以聽起來更是短促，我們看看 [ɔɪ] 和長母音 [o] 比起來，發音有多短促！

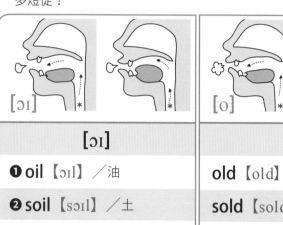

[ɔɪ]	[o]
❶ oil 【ɔɪl】／油	old 【old】／老
❷ soil 【sɔɪl】／土	sold 【sold】／賣出
❸ joy 【dʒɔɪ】／喜悅	Joe 【dʒo】／喬（人名）
❹ toy 【tɔɪ】／玩具	told 【told】／說

5 玩玩嘴上體操 🔊

Joy joined the royal army to show his loyalty.

喬伊參加了皇家軍隊來展示他的忠心。

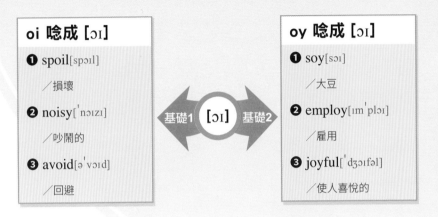

oi 唸成 [ɔɪ]

❶ spoil[spɔɪl]

／損壞

❷ noisy[ˈnɔɪzɪ]

／吵鬧的

❸ avoid[əˈvɔɪd]

／回避

基礎1 **[ɔɪ]** 基礎2

oy 唸成 [ɔɪ]

❶ soy[sɔɪ]

／大豆

❷ employ[ɪmˈplɔɪ]

／雇用

❸ joyful[ˈdʒɔɪfəl]

／使人喜悅的

7

練習一下

請選出正確答案

1. ( ) [ˈnɔɪzɪ]　❶ nisy ╳　❷ nosy 好管閒事的　❸ noisy 吵鬧的

2. ( ) [dʒɔɪ]　❶ jaw 下巴　❷ joe ╳　❸ joy 喜悅

答案　1. ③　2. ③

Memo

1 [p]的發音

緊閉的雙唇，一口氣放開，好像發出有氣無聲的「ㄆ」音來。

1 怎麼發音呢

　　要發出 [p] 的音，首先將上下唇閉緊，讓氣流留在口腔裡一會兒，才將上下唇放開，這時候不要振動聲帶，讓氣流衝出來，與上下唇產生摩擦，這樣發出來的音就是 [p] 囉！跟注音符號「ㄆ」的發音是不是很像呢？

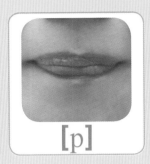

[p]

2 大聲唸出單字喔

邊聽邊練習單字

- pen 【pɛn】／筆
- pray 【pre】／祈禱
- replay 【reple】／重複播放
- important 【ɪmˈpɔrtnt】／重要的
- stop 【stɑp】／停止
- hope 【hop】／希望

3 大聲唸出句子喔

- Paris is a perfect place.
  巴黎是個完美的地方。

- The painter stops painting.
  那位畫家停止作畫。

- My parents complain about my pet.
  我的父母對我的寵物有所抱怨。

4 比較[p]跟[b]的發音

　　[p] 和 [b] 都是用氣流擦過雙唇來發音，所以又叫爆裂音，不同點是 [p] 不用振動聲帶，就像是用氣音說話一樣，是個無聲子音，而 [b] 需要振動聲帶，是有聲子音。

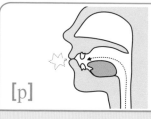

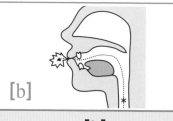

[p]	[b]
❶ park【park】／公園	bark【bark】／吠叫
❷ mop【map】／拖地	mob【mab】／暴民
❸ pop【pap】／流行樂	Bob【bab】／包柏（人名）
❹ pass【pæs】／通過	bass【bes】／低音

5 玩玩嘴上體操

Peter Piper picked a pack of pickled peppers.

彼德派普挑了一包醃辣椒。

p 唸成 [p]

❶ Pope[pop]

／教皇

❷ prefect[ˈprɪfɛkt]

／長官

❸ recipe[ˈrɛsəpɪ]

／食譜

基礎1 [p] 基礎2

pp 唸成 [p]

❶ shipping[ˈʃɪpɪŋ]

／裝運

❷ zipper[ˈzɪpɚ]

／拉鏈

❸ happen[ˈhæpən]

／發生

7 練習一下

請選出正確的音標

1. ( ) stop 　　❶ [sptɑ]　　❷ [stɑp]　　❸ [tspɑ]
　　 停止

2. ( ) mop 　　❶ [mɑp]　　❷ [mpɑ]　　❸ [pɑm]
　　 拖地

答案 1.② 2.①

2 [b]的發音

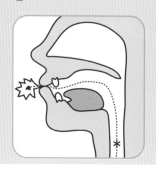

緊閉的雙唇，一口氣放開，好像發出有氣有聲的「ㄆ」音來。

1

怎麼發音呢

　　[b] 的音跟 [p] 的發音方式很類似，同樣讓氣流留在口腔裡，再放開上下唇。但是不同的是，在氣流衝出來的同時要記得振動聲帶。一邊發 [b] 的音，一邊摸摸脖子上的聲帶，要有細微的振動才是 [b] 喔！

[b]

2 大聲唸出單字喔

邊聽邊練習單字

- bee 【bi】／蜜蜂
- cab 【kæb】／計程車
- bank 【bæŋk】／銀行
- lobby 【ˈlɑbɪ】／大廳
- book 【bʊk】／書
- obey 【əˈbe】／遵守

3 大聲唸出句子喔

- Blue brook is beautiful.
  藍色的小溪很美。

- The cab bumped into the bank.
  計程車撞進銀行裡。

- My brother ate bread for breakfast.
  我的哥哥吃麵包當早餐。

4 比較[b]跟[p]的發音

[b] 和 [p] 不同點是：[b] 是有聲子音需要振動聲帶，就像是用氣音說話一樣，而 [p] 不用振動聲帶。請摸著喉嚨感受一下聲帶振動的感覺吧。

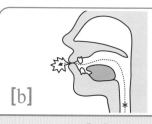

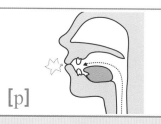

[b]	[p]
❶ bill 【bɪl】／帳單	pill 【pɪl】／藥丸
❷ bat 【bæt】／蝙蝠	pat 【pæt】／輕拍
❸ bay 【be】／海灣	pay 【pe】／付帳
❹ cab 【kæb】／計程車	cap 【kæp】／棒球帽

5 玩玩嘴上體操

**Betty Botter had some butter,
"But," she said, "this butter's bitter."**

貝蒂巴特有些奶油，
她說「但是這些奶油是苦的」。

b 唸成 [b]

❶ ability[ə'bɪlətɪ]

／才能

❷ below[bə'lo]

／在…之下

❸ before[bɪ'for]

／…之前

基礎1　[b]　基礎2

bb 唸成 [b]

❶ bubble['bʌbl]

／泡泡

❷ cabbage['kæbɪdʒ]

／甘藍菜

❸ ribbon['rɪbən]

／緞帶

7

練習一下

請選出正確對應單字

1. ( ) [bi]　❶ bee
蜜蜂　　　　❷ beep
警笛聲　　　　❸ pea
豆子

2. ( ) [kæb]　❶ cab
計程車　　　　❷ cat
貓　　　　❸ cap
帽子

答案 1. ①　2. ①

85

3 [t]的發音

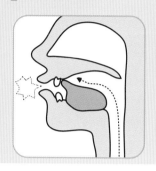

特快車，跑得好快，發出有氣無聲的「特特特」音來！

1 怎麼發音呢

　　首先將舌頭前端抵在上牙齦後面，讓氣流留在口腔裡一會兒，接著放開舌頭，讓氣流從舌頭前端與齒齦後面的空隙衝出來，發這個音不要振動聲帶，類似無聲版的「ㄊ」，就是 [t] 的發音囉！

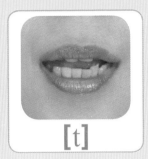

[t]

2 大聲唸出單字喔

邊聽邊練習單字

- cat【kæt】／貓
- let【lɛt】／讓
- count【kaʊnt】／數
- take【tek】／拿
- today【tə'de】／今天
- letter【'lɛtɚ】／信

3 大聲唸出句子喔

- Taxi!
  計程車！

- Turn left.
  左轉。

- Let the vet take care of the turtle.
  讓獸醫來照顧烏龜。

4 比較[t]跟[d]的發音

　　[t] 和 [d] 都是舌尖頂在上牙齦的爆裂音，不同點是 [t] 是無聲子音，不需振動聲帶，像是用氣音說話一樣，而 [d] 是有聲子音，需要振動聲帶發音。

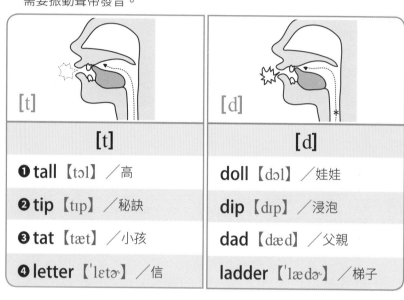

[t]	[d]
❶ tall【tɔl】／高	doll【dɔl】／娃娃
❷ tip【tɪp】／秘訣	dip【dɪp】／浸泡
❸ tat【tæt】／小孩	dad【dæd】／父親
❹ letter【ˈlɛtɚ】／信	ladder【ˈlædɚ】／梯子

5 玩玩嘴上體操 🔊

Kit spit a pit from a tidbit he bit.

　　　　　　　基特從他咬過的美味食物中吐出了一個果核。

t 唸成 [t]

❶ tail[tel]

／尾巴

❷ citizen[ˈsɪtəzn]

／公民

❸ classmate[ˈklæsˌmet]

／同學

基礎1 [t] 基礎2

tt 唸成 [t]

❶ cotton[ˈkɑtn]

／棉花

❷ little[ˈlɪtl]

／小

❸ pretty[ˈprɪtɪ]

／漂亮

7

練習一下

請選出缺少的音標

1. ( ) today [_əˈde]　❶ [b]　❷ [t]　❸ [d]
　　今天

2. ( ) pretty [ˈprɪ_ɪ]　❶ [b]　❷ [t]　❸ [d]
　　漂亮

答案 1. ② 2. ②

4 [d]的發音

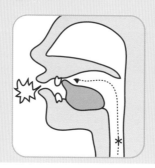

道路工程人員，拿著電鑽挖道路，發出有氣有聲的「的的的」音來！

1

怎麼發音呢

　　[d] 的發音位置與 [t] 相當類似，同樣將舌頭前端抵住上牙齦後面，再將舌頭放開，一次讓氣流通過空隙衝出來。不同的地方是，[d] 要振動聲帶，摸摸看自己脖子上的聲帶位置，看看有沒有細微的振動喔！

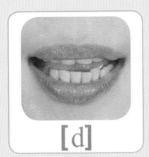

[d]

2 大聲唸出單字喔

邊聽邊練習單字

- did【dɪd】／做（do 的過去式）
- mad【mæd】／生氣
- desk【dɛsk】／書桌
- cold【kold】／寒冷
- dead【dɛd】／死亡
- window【'wɪndo】／窗戶

3 大聲唸出句子喔

- Dad is sad.
  爸爸很難過。

- Today is windy.
  今天風很大。

- Dinner is ready.
  晚餐做好了。

4 比較[d]跟[t]的發音

[d] 和 [t] 的不同點是：[t] 不需振動聲帶，像是用氣音說話一樣，而 [d] 需要振動聲帶，和平常說話時一樣。請摸著喉嚨比較看看聲帶有無振動的感覺吧！

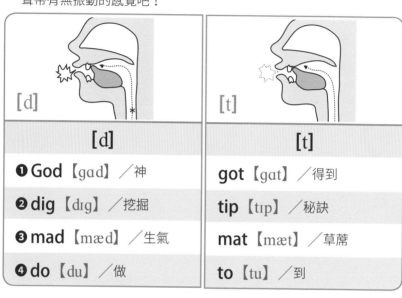

[d]	[t]
❶ God【gɑd】／神	got【gɑt】／得到
❷ dig【dɪg】／挖掘	tip【tɪp】／秘訣
❸ mad【mæd】／生氣	mat【mæt】／草蓆
❹ do【du】／做	to【tu】／到

5 玩玩嘴上體操

Did David's daughter dream to be a dancer?

大衛的女兒是否夢想過要當個舞者？

10 倍速音標記憶網 — 哪些字母或字母組合唸成[d]

d 唸成 [d]	**dd 唸成 [d]**
❶ dad[dæd]	❶ wedding[ˈwɛdɪŋ]
／爸爸	／婚禮
❷ daily[ˈdelɪ]	❷ additional[əˈdɪʃənl]
／每日的	／多的
❸ damage[ˈdæmɪdʒ]	❸ sudden[ˈsʌdn]
／損害	／突然

基礎1 [d] 基礎2

7

練習一下

請選出正確答案

1. ( ) desk   ❶ [dɪp]   ❷ [tel]   ❸ [dɛsk]
    書桌

2. ( ) mad   ❶ [ˈlɛtɚ]   ❷ [mæd]   ❸ [dæd]
    生氣

答案 1. ③   2. ②

5 [k]的發音

「渴」啊「渴」啊！誰來給我一點水啊！

1 怎麼發音呢

先將舌頭後面往上提，抵住軟顎，先擋住氣流一會兒，再將舌頭放開，使氣流通過舌頭後面與軟顎中間的空隙衝出來，這時候不要振動聲帶，很類似中文的「ㄎ」，但是無聲的喔！

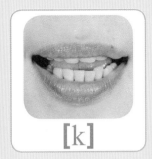

[k]

2 大聲唸出單字喔

邊聽邊練習單字

- key【ki】／鑰匙
- kid【kɪd】／孩子
- kick【kɪk】／踢
- case【kes】／案件
- cook【kʊk】／烹飪
- desk【dɛsk】／書桌

3 大聲唸出句子喔

- Just kidding.
  開玩笑的啦。

- Kids like jokes.
  小孩愛聽笑話。

- Keep working all night.
  徹夜工作吧。

4 比較[k]跟[g]的發音

　　[k] 和 [g] 都是舌根頂在軟顎所發出的爆裂音，不同點是 [k] 是無聲子音，不需振動聲帶，像是用氣音說出注音的「ㄎ」，而 [g] 是有聲子音，需振動聲帶，發音類似注音「ㄍ」。

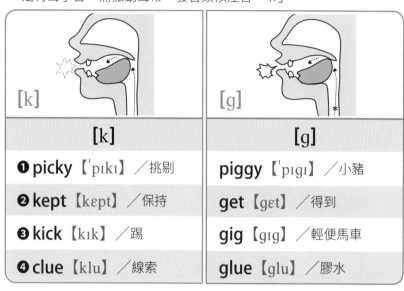

[k]	[g]
❶ picky【ˈpɪkɪ】／挑剔	piggy【ˈpɪɡɪ】／小豬
❷ kept【kɛpt】／保持	get【ɡɛt】／得到
❸ kick【kɪk】／踢	gig【ɡɪɡ】／輕便馬車
❹ clue【klu】／線索	glue【ɡlu】／膠水

5 玩玩嘴上體操

Clean clams crammed in clean cans.

乾淨的蚌被塞在這乾淨的罐頭裡。

6

10 倍速音標記憶網 ── 哪些字母或字母組合唸成[k]

k、ck 唸成 [k]

❶ kid[kɪd]

　／小孩

❷ lack[læk]

　／缺乏

c 唸成 [k]

❶ cake[kek]

　／蛋糕

❷ local[ˈlokl]

　／本土的

基礎1　基礎2　[k]　基礎3　基礎4　基礎5

ch 唸成 [k]

❶ school[skul]

　／學校

❷ ache[ek]

　／痛

q 唸成 [k]

❶ liquid[ˈlɪkwɪd]

　／液體

❷ mosquito[məsˈkito]

　／蚊子

x 唸成 [ks]

❶ next[nɛkst]

　／下一個

❷ six[sɪks]

　／六

7

練習一下

請選出正確答案

1. ( ) [klu]　❶ plue　❷ glue　❸ clue
　　　　　　　　　x　　　　　膠水　　　　線索

2. ( ) [kes]　❶ task　❷ case　❸ gaze
　　　　　　　　　任務　　　　案件　　　　凝視

答案 1.③　2.②

97

6 [g] 的發音

「咯咯咯」小雞快來吃米喔！

1

怎麼發音呢

　　[g] 的發音位置跟 [k] 很相近。首先同樣將舌頭後面抵住軟顎，再將舌頭放下，讓氣流沿著空隙衝出，同時記得振動聲帶，發出的音就是 [g] 囉！

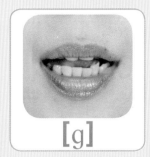

[g]

2 大聲唸出單字喔

邊聽邊練習單字

- girl 【gɝl】 ／女孩
- leg 【lɛg】 ／腿
- gaze 【gez】 ／凝望
- hug 【hʌg】 ／擁抱
- gift 【gɪft】 ／禮物
- finger 【ˈfɪŋgɚ】 ／手指

3 大聲唸出句子喔

- Maggie ate an egg.
  梅琪吃了一顆蛋。

- God gave the girl a gift.
  上帝給了女孩一個天賦。

- The greedy goat got a bug.
  貪心的山羊只得到一隻蟲。

4 比較[g]跟[k]的發音 🔊

[g] 和 [k] 的不同點是：[k] 是無聲子音，不需振動聲帶，像是用氣音說出注音的「ㄎ」，而 [g] 是有聲子音，需振動聲帶，發音類似注音「ㄍ」。請比較看看無聲和有聲的不同。

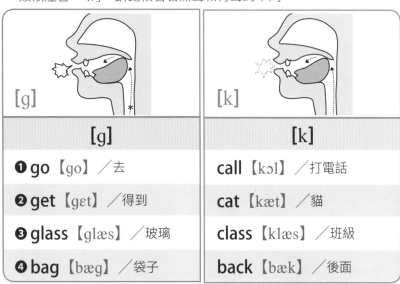

[g]	[k]
❶ go【go】／去	call【kɔl】／打電話
❷ get【gɛt】／得到	cat【kæt】／貓
❸ glass【glæs】／玻璃	class【klæs】／班級
❹ bag【bæg】／袋子	back【bæk】／後面

5 玩玩嘴上體操 🔊

The great Greek grape growers grow great Greek grapes.

偉大的希臘葡萄農夫，種植出巨大的希臘葡萄。

6

10 倍速音標記憶網 — 哪些字母或字母組合唸成[g]

g 唸成 [g]

❶ give[gɪv]／給

❷ glad[glæd]／高興的

❸ lag[læg]／延遲

gg 唸成 [g]

❶ luggage['lʌgɪdʒ]／皮箱

❷ egg[ɛg]／雞蛋

❸ struggle['strʌgl]／掙扎

基礎1　基礎2

[g]

延伸

x（ex的x）唸成 [g]

❶ example[ɪg'zæmpl]／例子

❷ exist[ɪg'zɪst]／存在

❸ examination[ɪg,zæmə'neʃən]／考試

7

練習一下

請選出正確答案

1. (　) hug [hʌ_]　　❶ [g]　　❷ [k]　　❸ [d]
　　　　擁抱

2. (　) class [_læs]　❶ [g]　　❷ [k]　　❸ [d]
　　　　課程

答案 1. ①　2. ②

7 [f]的發音

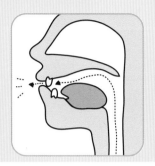

好舒服的泡澡喔！「福～」

1 怎麼發音呢

　　要發出 [f] 的音，首先要先將上排牙齒放在下唇上，接著留下一條細微的空隙，當氣流沿著這條空隙流出來時，會與空隙產生摩擦，此時不要振動聲帶，就能發出 [f] 了。想想看注音的「ㄈ」牙齒怎麼放就知道囉！

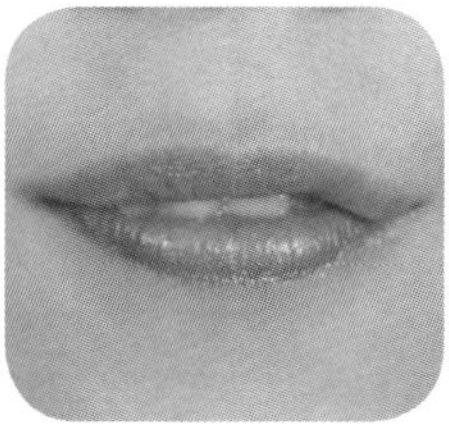

[f]

2 大聲唸出單字喔

邊聽邊練習單字

- fee【fi】／費用
- leaf【lif】／葉子
- fix【fɪks】／修理
- knife【naɪf】／刀子
- five【faɪv】／五
- afraid【əˈfred】／害怕

3 大聲唸出句子喔

- Don't feed the fish.
  不要餵魚！
- My father found it funny.
  爸爸覺得那很有趣。
- Let's talk face to face.
  我們來面對面地談。

4 比較[f]跟[v]的發音

　　[f] 和 [v] 都是下嘴唇抵住上排牙齒所發出的摩擦音，不同點是 [f] 是無聲子音，不需振動聲帶，像是用氣音說出國字「福」，而 [v] 是有聲子音，需振動聲帶。

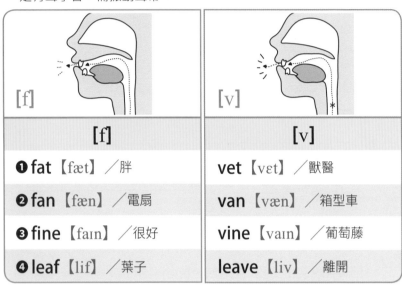

[f]	[v]
❶ fat【fæt】／胖	vet【vɛt】／獸醫
❷ fan【fæn】／電扇	van【væn】／箱型車
❸ fine【faɪn】／很好	vine【vaɪn】／葡萄藤
❹ leaf【lif】／葉子	leave【liv】／離開

5 玩玩嘴上體操

Friendly Frank flips fine flapjacks.

友善的法蘭克翻了翻不錯的厚煎餅。

f、ff、ph 唸成 [f]

❶ fuss[fʌs]

／煩惱

❷ factory[ˈfæktərɪ]

／工廠

❸ official[əˈfɪʃəl]

／官方的

❹ puff[pʌf]

／腫脹

❺ nephew[ˈnɛfju]

／外甥；外甥女

gh 唸成 [f]

❶ tough[tʌf]

／硬

❷ laugh[læf]

／笑

基礎1 **[f]** 基礎2

7 練習一下

請選出正確答案

1. ( ) [lif]　❶ life 生活　❷ leave 離開　❸ leaf 葉子

2. ( ) [fæt]　❶ bat 球棒　❷ fat 胖　❸ mat 坐墊

答案 1. ③　2. ②

105

8 [v]的發音

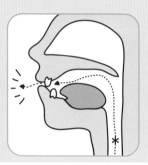

考一百分耶「V」！

1 怎麼發音呢

　　[v] 跟 [f] 的發音位置很相近。首先同樣將上排牙齒放在下唇上，接著留下空隙，使氣流通過空隙時與空隙產生摩擦，不同的是要確實振動聲帶，所發出的音就是 [v] 了。

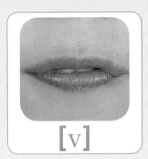

[v]

2 大聲唸出單字喔

邊聽邊練習單字

- vet 【vɛt】 ／獸醫
- view 【vju】 ／景色
- visit 【ˈvɪzɪt】 ／拜訪
- vivid 【ˈvɪvɪd】 ／生動
- violin 【ˌvaɪəˈlɪn】 ／小提琴
- eleven 【ɪˈlɛvən】 ／十一

3 大聲唸出句子喔

- Very good!
  很好！

- I heard her voice.
  我聽到了她的聲音。

- The vase vanished.
  花瓶消失了。

4 比較[v]跟[f]的發音

[v] 和 [f] 不同點是：[v] 是有聲子音，需振動聲帶，像是下唇先用上排牙齒擋住後再輕輕彈出所發出的中文「福」。[f] 不需振動聲帶，像是用氣音說出國字「福」。

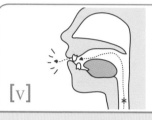

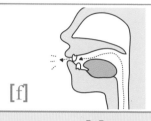

[v]	[f]
❶ give【gɪv】／給	gift【gɪft】／禮物
❷ convince【kənˈvɪns】／使相信	confide【kənˈfaɪd】／信任
❸ view【vju】／景觀	few【fju】／很少
❹ vase【ves】／花瓶	face【fes】／臉

5 玩玩嘴上體操

Vincent vowed vengeance very vehemently.

文森非常激動，發誓一定要報仇。

6

10 倍速音標記憶網 — 哪些字母或字母組合唸成[v]

v 唸成 [v]
❶ volleyball[ˈvɑlɪˌbɔl]
／排球
❷ wave[wev]
／波浪
❸ advertise[ˈædvɚˌtaɪz]
／廣告

基礎1　[v]　基礎2

f 唸成 [v]
❶ of[əv]
／（屬於）…的

7

練習一下

請選出正確答案

1. (　) violin　❶ [faɪəˈlɪn]　❷ [kvaɪəˈlɪn]　❸ [ˌvaɪəˈlɪn]
小提琴

2. (　) view　❶ [vju]　❷ [fju]　❸ [kju]
景觀

答案 1. ③　2. ①

9 [s]的發音

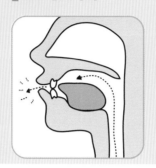

哇！輪胎破了「嘶～」！

1

怎麼發音呢

　　[s] 與中文的「ㄙ」發音類似，將舌頭前端放在上牙齦後面，但是留下一絲空隙，此時不要振動聲帶，使氣流緩緩流出與空隙產生摩擦。維持這個姿勢吸氣，如果感覺到上排牙齒後面涼涼的才是正確的。

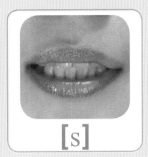

[s]

2 大聲唸出單字喔

邊聽邊練習單字

- see【si】／看見
- miss【mɪs】／想念
- hiss【hɪs】／嘶嘶聲
- rice【raɪs】／米飯
- sick【sɪk】／生病
- circle【ˈsɝkl】／圓圈

3 大聲唸出句子喔

- See you!
  掰掰！

- Sit down.
  坐下！

- This place is peaceful.
  這地方真安靜。

111

4 比較[s]跟[ʃ]的發音

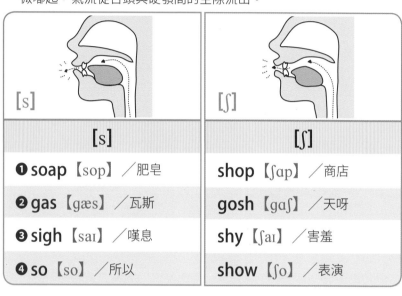

　　[s] 和 [ʃ] 都是無聲摩擦音，不同點在：[s] 是將舌頭前端放在上排牙齦後面發聲，像用氣音說出國字「嘶」，而 [ʃ] 是將嘴巴微微嘟起，氣流從舌頭與硬顎間的空隙流出。

[s]	[ʃ]
❶ soap【sop】／肥皂	shop【ʃɑp】／商店
❷ gas【gæs】／瓦斯	gosh【gɑʃ】／天呀
❸ sigh【saɪ】／嘆息	shy【ʃaɪ】／害羞
❹ so【so】／所以	show【ʃo】／表演

5 玩玩嘴上體操

Silly Sally swiftly shooed seven silly sheep.

　　傻傻楞楞的紗麗把七隻傻傻呆呆的傻綿羊噓走。

6

10 倍速音標記憶網 ─ 哪些字母或字母組合唸成[s]

s 唸成 [s]

❶ soda[ˈsodə]／汽水

❷ salad[ˈsæləd]／沙拉

ss 唸成 [s]

❶ across[əˈkrɔs]／穿過

❷ address[əˈdrɛs]／住址

基礎1　基礎2　[s]　基礎3

c（c後接e、i、y）唸成 [s]

❶ center[ˈsɛntɚ]／中心點

❷ city[ˈsɪtɪ]／城市

❸ icy[ˈaɪsɪ]／冰涼的

7

練習一下

請選出缺少的音標

1. ( ) miss [mɪ_]　❶ [s]　❷ [z]　❸ [ʃ]
   想念

2. ( ) rice [raɪ_]　❶ [s]　❷ [z]　❸ [ʃ]
   米飯

答案 1.① 2.①

113

10 [z]的發音

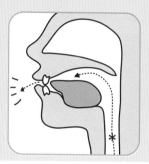

蚊子在飛「ZZZ」！

1
怎麼發音呢

　　[z] 的發音位置跟 [s] 十分相像。同樣將舌頭前端放在上牙齦後面，留下一條空隙，使氣流從空隙緩緩流出，同時振動聲帶所發出的音就是 [z] 囉！

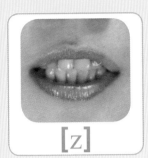

[z]

2 大聲唸出單字喔

邊聽邊練習單字

- zoo 【zu】 ／動物園
- size 【saɪz】 ／尺寸
- zebra 【ˈzibrə】 ／斑馬
- please 【pliz】 ／請
- cheese 【tʃiz】 ／起士
- nose 【noz】 ／鼻子

3 大聲唸出句子喔

- Zip your zipper.
  拉上拉鍊。

- Kids love the zoo.
  孩子們喜歡動物園。

- He is busy as a bee.
  他很忙。

115

4 比較[z]跟[s]的發音

　　[z] 和 [s] 都是是將舌頭前端放在上牙齦後面發聲，不同點是 [z] 是有聲子音，需振動聲帶，像是在模仿電流通過的聲音，而 [s] 是無聲子音，像用氣音說出國字「嘶」。

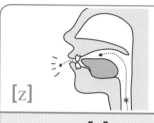

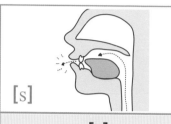

[z]	[s]
❶ zip【zɪp】／拉拉鍊	sip【sɪp】／啜飲
❷ sirs【sɝz】／男士（複數）	sits【sɪts】／坐
❸ choose【tʃuz】／選擇（動詞）	choice【tʃɔɪs】／選擇
❹ lose【luz】／輸	loose【lus】／鬆的

5 玩玩嘴上體操

The zoo's zebra prize is a nice price at that size.

動物園的斑馬獎牌價錢很好，尺寸也好。

116

6

10 倍速音標記憶網 — 哪些字母或字母組合唸成[z]

z 唸成 [z]

❶ frozen['frozn]／結凍

❷ razor['rezɚ]／剃刀

❸ recognize['rɛkəg,naɪz]／識別

zz 唸成 [z]

❶ pizza['pɪzə]／披薩

❷ buzz[bʌz]／蜂音

❸ dizzy['dɪzɪ]／頭暈目眩的

基礎1　[z]　基礎2

基礎3

s（s在單字中間或字尾）唸成 [z]

❶ visit['vɪzɪt]／訪問

❷ reasonable['riznəbl]／合理的

❸ his[hɪz]／他的

7 練習一下

請選出正確答案

1. ( ) zip　❶ [fɪp]　❷ [sɪp]　❸ [zɪp]
　　拉拉鍊

2. ( ) please　❶ [pliz]　❷ [plif]　❸ [plis]
　　請

答案　1. ③　2. ①

117

11 [θ]的發音

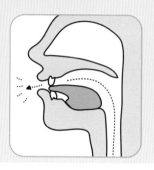

嘴形像吹口香糖泡泡一樣。

1 怎麼發音呢

[θ] 的發音位置很特別，中文裡並沒有類似的發音，所以要多加練習喔。首先將舌頭前端放在上下牙齒中間，留下一點空隙，接著使氣流沿著空隙流出產生摩擦，此時不要振動聲帶，就是 [θ] 的發音囉！

[θ]

2 大聲唸出單字喔

邊聽邊練習單字

- thick【θɪk】／厚
- thing【θɪŋ】／東西
- through【θru】／通過
- fifth【fɪfθ】／第五
- north【nɔrθ】／北方
- path【pæθ】／道路

3 大聲唸出句子喔

- Thank you!
  謝謝你！

- I am thirsty.
  我口渴了。

- The book is thin.
  這本書很薄。

4 比較[θ]跟[s]的發音 🔊

　　[θ] 和 [s] 都是無聲子音，發音方法的差異在舌頭，請先發一個 [s]，接著慢慢將舌頭伸到牙齒中間，送氣不要中斷喔，這時發出的音就是 [θ] 囉！

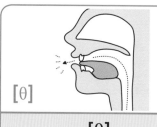

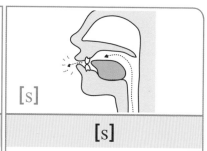

[θ]	[s]
❶ thin 【θɪn】／瘦	sin 【sɪn】／罪
❷ teeth 【tiθ】／牙齒	this 【ðɪs】／這個
❸ thick 【θɪk】／厚	sick 【sɪk】／生病
❹ path 【pæθ】／道路	pass 【pæs】／通過

5 玩玩嘴上體操 🔊

I thought a thought.
But the thought I thought wasn't the thought
I thought I thought.

我想到一個想法，
但這個想法跟我想到的那個想法並不一樣。

th 唸成 [θ]

❶ thousand[ˈθaʊzənd]

／一千

❷ thigh[θaɪ]

／大腿

❸ path[pæθ]

／小徑

基礎 [θ]

7

練習一下

請選出音標對應的正確字母

1. ( ) [θ]　❶ tp　　❷ tz　　❸ th

2. ( ) [pæθ]　❶ path　　❷ pack　　❸ pass
　　　　　　　　道路　　　　打包　　　　通過

答案 1.③　2.①

12 [ð]的發音

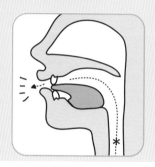

舌頭被上下牙齒咬住「了」啦！

1
怎麼發音呢

[ð] 的發音位置與 [θ] 相當類似。舌頭前端放在上下牙齒中間，留下一點空隙，接著使氣流沿著空隙流出產生摩擦，摩擦的同時振動聲帶，就能發出漂亮的 [ð] 囉！不管是 [θ] 還是 [ð]，通常拼音上都以 "th" 表示。

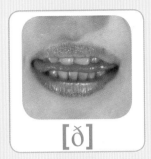

[ð]

2 大聲唸出單字喔

邊聽邊練習單字

- this【ðɪs】／這個
- there【ðɛr】／那裡
- clothe【kloð】／衣服
- other【ˈʌðɚ】／其餘的
- weather【ˈwɛðɚ】／天氣
- without【wɪðˈaut】／沒有

3 大聲唸出句子喔

- These are their clothes.
  這些是他們的衣服。

- They went to the theater.
  他們去了電影院。

- This is it.
  我們到了。

track29

4 比較[ð]跟[θ]的發音

　　[ð] 和 [θ] 都是舌頭放在牙齒中間所發出的摩擦音，不同點在於 [ð] 是有聲子音，而 [θ] 是無聲子音。請先發一個 [z]，接著慢慢地將舌頭伸到牙齒中間，送氣不要中斷喔，這時發出的音就是 [ð]。

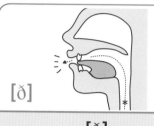

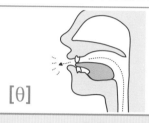

[ð]	[θ]
❶ this【ðɪs】／這是	thin【θɪn】／瘦
❷ them【ðɛm】／他們	think【θɪŋk】／思考
❸ than【ðæn】／比較	thank【θæŋk】／謝謝
❹ though【ðo】／雖然	thought【θɔt】／想到

5 玩玩嘴上體操

The Smothers brothers' father's mother's brothers are the Smothers brothers' mother's father's other brothers.

史瑪德兄弟的爸爸的母親的兄弟是史瑪德兄弟的媽媽的父親的兄弟。

th 唸成 [ð]

❶ weather[ˈwɛðɚ]

　／天氣

❷ though[ðo]

　／雖然

❸ within[wɪˈðɪn]

　／在…之內

基礎 [ð]

7

練習一下

請選出正確答案

1. ( ) there　　❶ [fɛr]　　❷ [ðɛr]　　❸ [tɛr]
　　　那裡

2. ( ) other　　❶ [ˈʌðɚ]　　❷ [ˈʌfɚ]　　❸ [ˈʌtɚ]
　　　其他

答案 1. ②　 2. ①

125

13 [ʃ]的發音

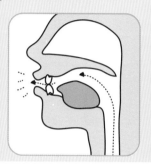

不要吵啦「噓～」。

1 怎麼發音呢

　　[ʃ] 的形狀跟發音都像是要求別人安靜的「噓～」。首先將嘴唇像吹蠟燭一樣微嘟，舌頭前端靠近硬顎，也就是比 [s] 跟 [z] 更往後的位置。接著使氣流沿著舌頭與硬顎間的空隙流出產生摩擦，不要振動聲帶所發出的音就是 [ʃ] 囉！

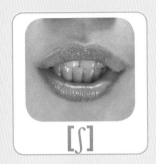

[ʃ]

2 大聲唸出單字喔

邊聽邊練習單字

- she 【ʃi】／她
- shop 【ʃɑp】／商店
- fish 【fɪʃ】／魚
- cashier 【kæˈʃɪr】／收銀員
- shirt 【ʃɝt】／襯衫
- sure 【ʃʊr】／當然

3 大聲唸出句子喔

- Sheep is shy.
  綿羊很害羞。

- She likes shopping.
  她喜愛購物。

- The shoes were washed.
  鞋子已經洗乾淨了。

4 比較[ʃ]跟[tʃ]的發音

　　[ʃ] 和 [tʃ] 都是氣流沿著舌頭與硬顎間的空隙流出產生的摩擦音，兩者同樣都是無聲子音，只不過 [ʃ] 類似中文的「噓」，而 [tʃ] 類似用氣音說中文的「去」。

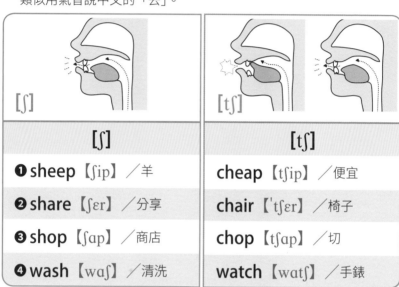

[ʃ]	[tʃ]
❶ sheep 【ʃip】／羊	cheap 【tʃip】／便宜
❷ share 【ʃɛr】／分享	chair 【'tʃɛr】／椅子
❸ shop 【ʃɑp】／商店	chop 【tʃɑp】／切
❹ wash 【wɑʃ】／清洗	watch 【wɑtʃ】／手錶

5 玩玩嘴上體操

She sells seashells by the seashore.
The shells she sells are surely seashells.

她在海邊賣貝殼，
她賣的殼絕對是貝殼。

10 倍速音標記憶網 — 哪些字母或字母組合唸成[ʃ]

sh 唸成 [ʃ]

❶ shut[ʃʌt]

／關上

❷ shiny[ˈʃaɪnɪ]

／發光的

❸ dish[dɪʃ]

／碟子

基礎1 [ʃ] 基礎2

ci、si、ssi、ti 唸成 [ʃ]

❶ ancient[ˈenʃənt]

／古老的

❷ Asia[ˈeʃə]

／亞洲

❸ Russian[ˈrʌʃən]

／俄國人

❹ station [ˈsteʃən]

／車站

7

練習一下

請選出空格的字母

1. ( ) ＿irt [ʃɝt]　　❶ s　　❷ se　　❸ sh
   襯衫

2. ( ) fi＿＿ [fɪʃ]　　❶ sh　　❷ fh　　❸ s
   魚

答案 1. ③　2. ①

14 [ʒ]的發音

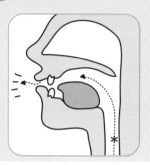

「橘」子好好吃喔！

1
怎麼發音呢

　　[ʒ] 的發音位置跟 [ʃ] 很相似。同樣地嘴唇微張往外嘟出，接著將舌頭靠近硬顎的位置，使氣流緩緩流出，與舌頭和硬顎間的空隙產生摩擦，記得要振動聲帶喔！維持同樣姿勢吸氣，硬顎部分涼涼的才是正確的喔！

【ʒ】

2 大聲唸出單字喔

邊聽邊練習單字

- Asian【eʒən】／亞洲人
- garage【gəˈrɑʒ】／車庫
- usual【ˈjuʒʊəl】／經常的
- television【ˈtɛləˌvɪʒən】／電視
- leisure【ˈliʒɚ】／空閒
- casual【ˈkæʒʊəl】／隨性的

3 大聲唸出句子喔

- Our treasure is in the garage.
  我們的寶物在車庫裡。

- It's hard to measure one's pressure.
  人的壓力很難估計。

- He usually watches television at leisure.
  他空閒時常看電視。

4 比較[ʒ]跟[ʃ]的發音

[ʒ] 和 [ʃ] 都是舌頭和硬顎間的空隙產生摩擦音，不同點在於 [ʒ] 是有聲子音，需要振動聲帶，而 [ʃ] 是無聲子音，不用振動聲帶，請感受看看振動聲帶所造成的差別喔。

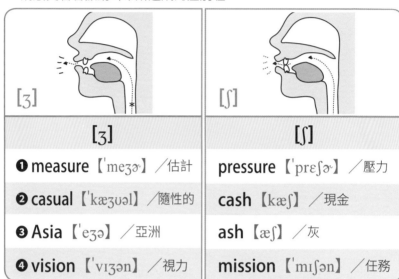

[ʒ]	[ʃ]
❶ measure【ˈmɛʒɚ】／估計	pressure【ˈprɛʃɚ】／壓力
❷ casual【ˈkæʒʊəl】／隨性的	cash【kæʃ】／現金
❸ Asia【ˈeʒə】／亞洲	ash【æʃ】／灰
❹ vision【ˈvɪʒən】／視力	mission【ˈmɪʃən】／任務

5 玩玩嘴上體操

The Asian usually watches television at leisure.

亞洲人通常在閒暇時間看電視。

s、si 唸成 [ʒ]

❶ division[dəˈvɪʒən]

／分歧

❷ pleasure[ˈplɛzʒɚ]

／高興

❸ television[ˈtɛləˌvɪʒən]

／電視

基礎1　[ʒ]　基礎2

g （字源是法文的）唸成 [ʒ]

❶ garage[gəˈrɑʒ]

／車庫

❷ massage[məˈsɑʒ]

／按摩

❸ gigolo[ˈʒɪgəˌlo]

／男伴

7 練習一下

請選出正確答案

1. ( ) [ˈliʒɚ] ❶ leisure　❷ lip　❸ life
　　　　　　　　空閒　　　　嘴唇　　　生活

2. ( ) [ˈeʒən] ❶ ago　❷ age　❸ Asian
　　　　　　　　以前　　　年紀　　亞洲人

答案 1.① 2.③

133

15 [tʃ]的發音

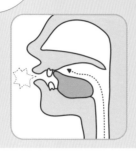 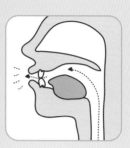

啊！蒼蠅，走開，「去～」！

1
怎麼發音呢

　　[tʃ] 的發音位置雖然跟 [ʃ] 和 [ʒ] 相同，發音方式卻很特別。首先同樣將舌頭靠近硬顎的位置，發音時要先將氣流留在口腔裡一會兒，讓氣流受到一點阻礙之後，再與空隙產生摩擦流出，此時不要振動聲帶，所發出的音就是 [tʃ] 囉。

[tʃ]

2 大聲唸出單字喔

邊聽邊練習單字

- child【tʃaɪld】／小孩
- cheek【tʃik】／臉頰
- teach【titʃ】／教學
- kitchen【ˈkɪtʃən】／廚房
- picture【ˈpɪktʃɚ】／圖片
- watch【wɑtʃ】／手錶

3 大聲唸出句子喔

- Cheer up!
  加油！

- He teaches Chinese.
  他教中文。

- Cheese and cherries match perfectly.
  起士和櫻桃口味很搭。

4 比較[tʃ]跟[dʒ]的發音

[tʃ] 和 [dʒ] 都是氣流沿著舌頭與硬顎流出而產生的摩擦音，不同點在於 [tʃ] 是無聲子音，類似用氣音說中文的「去」。而 [dʒ] 是有聲子音，類似嘟著嘴巴說中文的「啾」。

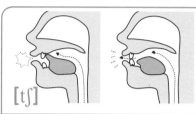

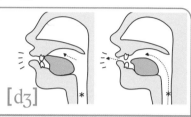

[tʃ]	[dʒ]
❶ March【mɑrtʃ】／三月	merge【mɝdʒ】／合併
❷ choose【tʃuz】／選擇	juice【dʒus】／果汁
❸ chat【tʃæt】／聊天	jet【dʒɛt】／噴射機
❹ cheap【tʃip】／便宜	jeep【dʒip】／吉普車

5 玩玩嘴上體操

Cheryl's chilly cheap chip shop sells Cheryl's cheap chips.

雪若的冷淡又便宜的洋芋片店賣的是雪若的便宜洋芋片。

ch、tch 唸成 [dʒ]

❶ chill[tʃɪl]／寒冷

❷ chimney[ˈtʃɪmnɪ]／煙囪

❸ catch[ˈkætʃ]／接

❹ scratch[skrætʃ]／抓

t （在弱母音前）唸成 [dʒ]

❶ congratulate[kənˈgrætʃəˌlet]／恭喜

❷ creature[ˈkritʃɚ]／生物

❸ cultural[ˈkʌltʃərəl]／文化的

基礎1　　延伸1

[tʃ]

延伸2

ti （前接s）唸成 [dʒ]

❶ question[ˈkwɛstʃən]／問題

❷ suggestion[səˈdʒɛstʃən]／建議

7

練習一下

請選出正確答案

1. (　) teach [ti_]　❶ [ʃ]　　❷ [t]　　❸ [tʃ]
    教

2. (　) cheek [_ik]　❶ [ʃ]　　❷ [t]　　❸ [tʃ]
    臉頰

答案　1. ③　　2. ③

16 [dʒ]的發音

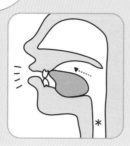 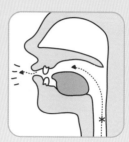

給你香一個「啾～」！

1
怎麼發音呢

[dʒ] 與 [tʃ] 的發音方式相當類似。同樣將舌頭靠近硬顎，接著把氣流留在口腔之中，使氣流受到一點阻礙後流出，與舌頭和硬顎間的空隙產生摩擦，此時要振動聲帶，所發出的音就是 [dʒ] 囉！

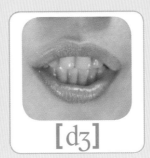

[dʒ]

2 大聲唸出單字喔

邊聽邊練習單字

- job【dʒɑb】／工作
- gym【dʒɪm】／體育館
- join【dʒɔɪn】／參加
- magic【ˈmædʒɪk】／魔術
- Japan【dʒəˈpæn】／日本
- page【pedʒ】／頁數

3 大聲唸出句子喔

- Good job!
  做得好！

- The giraffes are jogging.
  長頸鹿在慢跑。

- The soldier has a large package.
  那名軍人有個大包裹。

139

4 比較[dʒ]跟[tʃ]的發音

[dʒ] 和 [tʃ] 都是氣流從舌頭與硬顎流出，產生的摩擦音，不同點在於 [dʒ] 是有聲子音，類似嘟著嘴巴的「啾」。[tʃ] 是無聲子音不需振動聲帶。請感受兩者聲帶振動的差別。

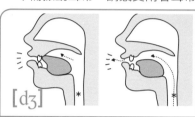

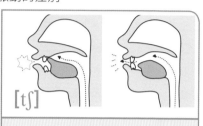

[dʒ]	[tʃ]
❶ gin【dʒɪn】／琴酒	chin【tʃɪn】／下巴
❷ jelly【ˈdʒɛlɪ】／果凍	cherry【ˈtʃɛrɪ】／櫻桃
❸ cage【kedʒ】／籠子	catch【ˈkætʃ】／接到
❹ juice【dʒus】／果汁	choose【tʃuz】／選擇

5 玩玩嘴上體操

The judge likes juice and jazz music.

那法官喜歡果汁和爵士樂。

6

10 倍速音標記憶網 — 哪些字母或字母組合唸成[dʒ] ◀)

j 唸成 [dʒ]

❶ pajamas[pəˈdʒæməs]／睡衣褲

❷ project[prəˈdʒɛkt]／企畫

❸ reject[rɪˈdʒɛkt]／拒絕

g （g後接e、i、y）唸成[dʒ]

❶ page[pedʒ]／頁

❷ engine[ˈɛndʒən]／引擎

❸ energy[ˈɛnɚdʒɪ]／動力

基礎1　　　基礎2

[dʒ]

基礎3

dg、dj 唸成 [dʒ]

❶ edge[ɛdʒ]／邊緣

❷ budget[ˈbʌdʒɪt]／經費

❸ adjust[əˈdʒʌst]／調整

❹ adjective[ˈædʒɪktɪv]／形容詞

7

練習一下

請選出題目可排列出的單字

1. ( ) [pedʒ] ❶ pig   ❷ paje   ❸ page
         豬   ✗   頁

2. ( ) [dʒus] ❶ joyce   ❷ juice   ❸ guice
         人名   果汁   ✗

答案 1.③ 2.②

17 [m]的發音

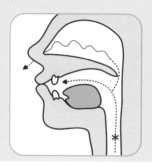

「嗯～」哪個好呢？

1 怎麼發音呢

　　[m] 的發音位置跟 [p] 和 [b] 一樣，都是將上下唇緊閉，將氣流留在口腔中，接著緊閉雙唇，使氣流從鼻腔衝出，就是 [m] 的發音了。當 [m] 在發音結尾時，像是 "come" 等，也要以雙唇緊閉作為結尾喔！

[m]

2 大聲唸出單字喔

邊聽邊練習單字

- map【mæp】／地圖
- mix【mɪks】／混合
- mean【min】／意義
- come【kʌm】／來
- bomb【bɑm】／炸彈
- remember【rɪˈmɛmbɚ】／記得

3 大聲唸出句子喔

- Turn off the lamp.
  關上燈。

- Tom bumped into Tim.
  湯姆巧遇提姆。

- Mother got mad and screamed.
  媽媽生氣又尖叫。

4 比較[m]跟[n]的發音 🔊

在發 [m] 和 [n] 都會有鼻音，但兩者除了都是有聲鼻音外，發音部位相差很多喔！[m] 需要雙唇緊閉，再將氣流從嘴巴和鼻子送出，而 [n] 則是將舌尖頂在上牙齦，雙唇微開發音。

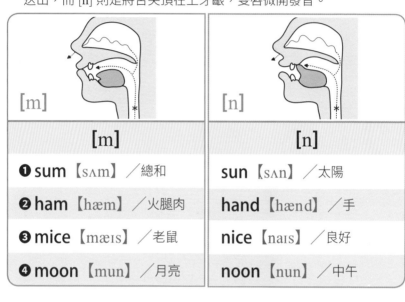

[m]	[n]
❶ sum 【sʌm】／總和	sun 【sʌn】／太陽
❷ ham 【hæm】／火腿肉	hand 【hænd】／手
❸ mice 【mæɪs】／老鼠	nice 【naɪs】／良好
❹ moon 【mun】／月亮	noon 【nun】／中午

5 玩玩嘴上體操 🔊

Mickey Mouse and Minnie Mouse are kids' dreams.

米老鼠和米妮都是小孩子的夢想。

m 唸成 [m]

❶ admire[əd'maɪr]

／稱讚

❷ mistake[mɪ'stek]

／弄錯

❸ aim[em]

／瞄準

基礎1 [m] 基礎2

mm 唸成 [m]

❶ summer['sʌmɚ]

／夏天

❷ yummy['jʌmɪ]

／可口

❸ common['kɑmən]

／普通的

7
練習一下

請選出正確答案

1. ( ) mean   ❶ [nim]   ❷ [nmi]   ❸ [min]
   混合

2. ( ) come   ❶ [kʌn]   ❷ [kʌb]   ❸ [kʌm]
   來

答案 1. ③   2. ③

18 [n]的發音

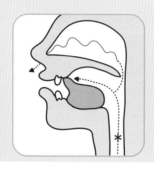

這本書很不錯「呢」！

1
怎麼發音呢

　　[n] 的發音位置跟 [t]、[d] 相近，都是將舌頭前端放在上牙齒齦後面，使氣流在口腔中蓄勢待發，接著放開舌頭，使氣流從鼻腔衝出，就是 [n] 的發音了。

[n]

2 大聲唸出單字喔

邊聽邊練習單字

- no【no】／不
- net【nɛt】／網子
- can【kæn】／罐頭
- nine【naɪn】／九
- winter【ˈwɪntɚ】／冬天
- invite【ɪnˈvaɪt】／邀請

3 大聲唸出句子喔

- It is raining now.
  現在正在下雨。
- It is windy in winter.
  冬天風很大。
- We had wine after dinner.
  我們晚餐後喝了紅酒。

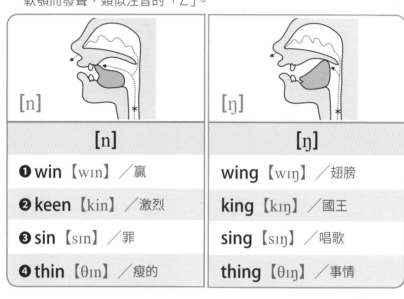

4 比較[n]跟[ŋ]的發音

[n] 和 [ŋ] 都是鼻音，但發音位置差了很多喔！[n] 是用舌端輕輕彈一下上牙齦，有點類似中文「呢」，而 [ŋ] 是用舌頭根部抵住軟顎而發聲，類似注音的「ㄥ」。

[n]	[ŋ]
❶ win 【wɪn】／贏	wing 【wɪŋ】／翅膀
❷ keen 【kin】／激烈	king 【kɪŋ】／國王
❸ sin 【sɪn】／罪	sing 【sɪŋ】／唱歌
❹ thin 【θɪn】／瘦的	thing 【θɪŋ】／事情

5 玩玩嘴上體操

Nine nice night nurses nursing nicely.

九個不錯的夜班護士很會護理病人。

6

10 倍速音標記憶網 — 哪些字母或字母組合唸成[n]

n 唸成 [n]	nn 唸成 [n]
❶ ocean[ˈoʃən]	❶ sunny[ˈsʌnɪ]
／海洋	／陽光充足的
❷ only[ˈonlɪ]	❷ dinner[ˈdɪnɚ]
／只是	／晚餐
❸ open[ˈopən]	❸ bunny[ˈbʌnɪ]
／打開	／兔子

基礎1  基礎2

7

練習一下

請選出正確答案

1. ( ) [kæn]   ❶ fan   ❷ pen   ❸ can
電風扇   筆   罐頭

2. ( ) [nɛt]   ❶ net   ❷ mat   ❸ fit
網子   坐墊   符合

答案 1. ③   2. ①

19 [ŋ]的發音

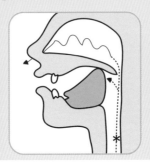

「哼！」大珍珠有什麼了不起！

1
怎麼發音呢

　　[ŋ] 的發音位置跟 [k] 和 [g] 很相近，都是抬高後面的舌頭來抵住軟顎，使氣流留在口腔中，接著放開舌頭，使氣流從鼻腔衝出，此時振動聲帶，就是 [ŋ] 的發音了。

[ŋ]

2 大聲唸出單字喔

邊聽邊練習單字

- ink【ɪŋk】／墨水
- link【lɪŋk】／連結
- drink【drɪŋk】／喝

- sing【sɪŋ】／唱歌
- ring【rɪŋ】／戒指
- morning【ˈmɔrnɪŋ】／早晨

3 大聲唸出句子喔

- The ring is pink.
  戒指是粉紅色的。

- The king is singing.
  國王正在唱歌。

- Bring the ink.
  帶墨水來。

4 比較[ŋ]跟[n]的發音

[ŋ] 跟 [n] 都是鼻音，但發音位置差了很多喔！[n] 是用舌端輕輕彈一下上牙齦，有點類似中文「呢」，而 [ŋ] 是用舌頭根部抵住軟顎而發聲，類似注音的「ㄥ」。

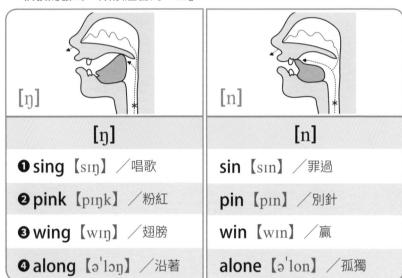

[ŋ]	[n]
❶ sing【sɪŋ】／唱歌	sin【sɪn】／罪過
❷ pink【pɪŋk】／粉紅	pin【pɪn】／別針
❸ wing【wɪŋ】／翅膀	win【wɪn】／贏
❹ along【əˈlɒŋ】／沿著	alone【əˈlon】／孤獨

5 玩玩嘴上體操

The king is singing on the pink swing in Beijing.

國王正在北京的一座粉紅鞦韆上唱歌。

6

10 倍速音標記憶網 — 哪些字母或字母組合唸成[ŋ]

---

ng 唸成 [ŋ]

❶ singer[ˈsɪŋɚ]

／歌手

❷ single[ˈsɪŋgl]

／單身

❸ hang[hæŋ]

／懸掛

基礎1　[ŋ]　基礎2

n 唸成 [ŋ]

❶ sink[sɪŋk]

／水槽

❷ tank[tæŋk]

／坦克車

❸ uncle[ˈʌŋkl]

／叔叔

7

練習一下

請選出缺少的音標

1. (　) drink [drɪ_k] 　❶ [n] 　　❷ [m] 　　❸ [ŋ]
   喝

2. (　) sing [sɪ_] 　　❶ [n] 　　❷ [m] 　　❸ [ŋ]
   唱歌

答案　1. ③　　2. ③

20 [l]的發音

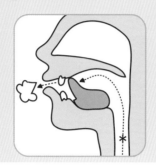

人家不要喝「了」啦！

1
怎麼發音呢

　　[l] 的發音跟中文的「ㄌ」類似，都是將舌頭前端放在上牙齦後面，然後振動聲帶，讓氣流緩緩的從舌頭兩邊流出，所以叫做「邊音」。當 [l] 在字尾時，像是 "pull"，別忘了最後舌頭要稍微碰到牙齦後面喔！

[l]

2 大聲唸出單字喔

邊聽邊練習單字

- lie【laɪ】／謊言
- lot【lɑt】／籤
- play【ple】／玩耍

- gold【gold】／黃金
- pull【pʊl】／拉
- dollar【'dɑlɚ】／圓

3 大聲唸出句子喔

- Wait in line, please.
  請排隊！

- Listen carefully to me.
  仔細聽我說。

- The girl played with the doll.
  小女孩玩過那個洋娃娃。

4 比較[l]跟[r]的發音

[l] 和 [r] 都是有聲子音，但 [r] 是捲舌音，發音不同點在兩者舌頭位置。[l] 是將舌頭前端放在上牙齦後面。而 [r] 要將舌尖後捲到更後面。

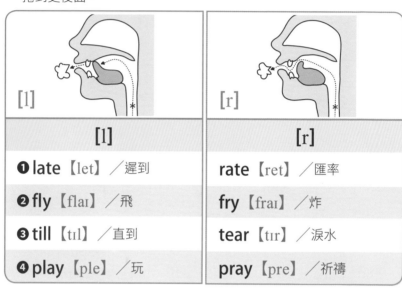

[l]	[r]
❶ late【let】／遲到	rate【ret】／匯率
❷ fly【flaɪ】／飛	fry【fraɪ】／炸
❸ till【tɪl】／直到	tear【tɪr】／淚水
❹ play【ple】／玩	pray【pre】／祈禱

5 玩玩嘴上體操

Lovely lemon liniment lightens Lily's left leg.

好用的檸檬藥膏讓莉莉的左腳舒服多了。

6

10 倍速音標記憶網 — 哪些字母或字母組合唸成[l]

I 唸成 [l]

❶ last[læst]

／最後

❷ black[blæk]

／黑

❸ link[lɪŋk]

／連結

基礎1 [l] 基礎2

II 唸成 [l]

❶ allow[əˈlaʊ]

／允許

❷ kill[kɪl]

／死亡

❸ really[ˈriəlɪ]

／真的

7

練習一下

請選出正確答案

1. ( ) [ple]　❶ psay　❷ pray　❸ play
　　　　　　　　x　　　　祈禱　　　玩耍

2. ( ) [pʊl]　❶ poor　❷ pull　❸ put
　　　　　　　　可憐　　　拉　　　放置

答案 1. ③　2. ②

21 [r]的發音

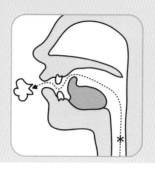

耶！來「rock」一下吧！

1

怎麼發音呢

　　[r] 又叫捲舌音。首先將舌頭中間部分微微凹下去，接著將舌尖稍微往後捲起，此時振動聲帶所發出的音就是 [r] 囉！當 [r] 在母音前面時，例如 "red"，嘴唇要像吹蠟燭一樣嘟成圓形；當 [r] 在母音後面時，像是 "war"，發音很像「ㄦ」呢！

[r]

2 大聲唸出單字喔

邊聽邊練習單字

- red 【rɛd】 ／紅色
- try 【traɪ】 ／嘗試
- war 【wɔr】 ／戰爭
- fear 【fɪr】 ／害怕
- rage 【redʒ】 ／生氣
- parent 【'pɛrənt】 ／父母

3 大聲唸出句子喔

- I am all ears.
  我洗耳恭聽。

- Red represents rage.
  紅色代表憤怒。

- Don't cry over spilt milk.
  覆水難收。

159

4 比較[r]跟[l]的發音

[r] 和 [l] 都是有聲子音，但 [r] 是捲舌音，不同點在兩者舌頭位置。[l] 是將舌頭前端放在上牙齦後面，類似注音的「ㄌ」。而 [r] 要將舌尖後捲到更後面，類似注音的「ㄦ」。

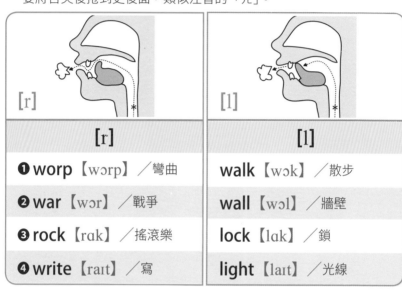

[r]	[l]
❶ worp【wɔrp】／彎曲	walk【wɔk】／散步
❷ war【wɔr】／戰爭	wall【wɔl】／牆壁
❸ rock【rɑk】／搖滾樂	lock【lɑk】／鎖
❹ write【raɪt】／寫	light【laɪt】／光線

5 玩玩嘴上體操

He is ready to propose in the restaurant with a ring and roses.

他已經準備好要在餐廳裡用戒指和玫瑰花求婚。

r 唸成 [r]

❶ gray[gre]

／灰

❷ red[rɛd]

／紅

❸ deer[dɪr]

／鹿

rr 唸成 [r]

❶ carry['kærɪ]

／運送

❷ arrive[ə'raɪv]

／到達

❸ tomorrow[tə'mɑro]

／明天

基礎1 [r] 基礎2

7 練習一下

請選出缺少的音標

1. ( ) war [wɔ_] ❶ [k] ❷ [r] ❸ [l]
   戰爭

2. ( ) wall [wɔ_] ❶ [l] ❷ [k] ❸ [r]
   牆壁

答案 1. ② 2. ①

22 [w]的發音

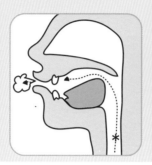

女「巫」好神秘喔！

1 怎麼發音呢

　　[w] 為半母音，跟母音 [u] 的發音方式很像。首先讓嘴唇發像 [u] 一樣的圓唇，將舌頭後半部往上延伸接近軟顎，留下通道讓氣流緩緩流過，同時振動聲帶。如果後面接著母音，例如 "we[wi]"，要快速的從 [w] 的位置滑到 [i] 的位置。

[w]

2 大聲唸出單字喔

邊聽邊練習單字

- we【wi】／我們
- way【we】／路
- wear【wɛr】／穿
- window【'wɪndo】／窗戶
- away【ə'we】／遠離
- swim【swɪm】／游泳

3 大聲唸出句子喔

- Where were we?
  我們剛才在哪裡？

- The waiter wears a uniform.
  服務生穿著制服。

- The weather is getting worse.
  天氣變糟了。

163

4 比較[w]跟[hw]的發音

　　[w] 的發音類似中文的「我」，但是，當 [hw] 這樣的音標組合出現時，[h]、[w] 就聯合成了類似中文「壞」的發音囉！

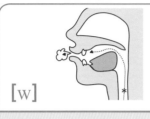 [w]	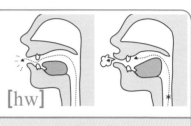 [hw]
[w]	**[hw]**
❶ witch【wɪtʃ】／巫婆	which【hwɪtʃ】／哪個
❷ want【wɑnt】／想要	what【hwɑt】／什麼
❸ wide【waɪd】／寬的	white【hwaɪt】／白的
❹ wear【wɛr】／穿著	where【hwɛr】／哪裡

5 玩玩嘴上體操

Which witch wished which wicked wish?

是哪個女巫許了這個邪惡的願望？

10 倍速音標記憶網 — 哪些字母或字母組合唸成[w]

w 唸成 [w]	**qu 唸成 [w]**
❶ wonderful[ˈwʌndəˌfəl]／很棒的	❶ equal[ˈikwəl]／平等的
❷ wind[wɪnd]／風	❷ quickly[ˈkwɪklɪ]／迅速地
❸ wisdom[ˈwɪzdəm]／智慧	

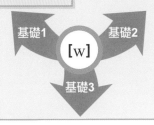

gu 唸成 [w]

❶ distinguish[dɪˈstɪŋgwɪʃ]／辨認出

❷ language[ˈlæŋgwɪdʒ]／語言

7

練習一下

請選出正確的答案

1. ( ) [wɛr]　❶ fire　　❷ lier　　❸ wear
　　　　　　　　火　　　　騙子　　　穿

2. ( ) [swɪm]　❶ smim　　❷ swim　　❸ sphim
　　　　　　　　x　　　　游泳　　　x

答案 ▶ 1. ③　2. ②

23 [j]的發音

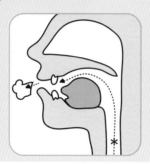

「耶！」今天沒有功課！

1

怎麼發音呢

　　[j] 常常跟在母音的前面，跟母音 [i] 的發音位置很像，都是將舌頭前端往上延伸接近硬顎，接著讓氣流緩緩流出，同時振動聲帶。但不同的是，[j] 通常很快的從 [j] 滑到後面母音的位置，算是協助母音的角色，所以又稱為「半母音」。

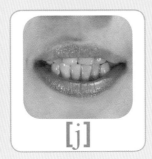

[j]

2 大聲唸出單字喔

邊聽邊練習單字

- yes【jɛs】／是
- yet【jɛt】／還沒
- year【jɪr】／年

- youth【juθ】／年輕
- yellow【'jɛlo】／黃色
- yesterday【'jɛstɚˌde】／昨天

3 大聲唸出句子喔

- **Happy New Year!**
  新年快樂！

- **You are young.**
  你很年輕。

- **Yes, this flight is to New York.**
  是的，這班機飛往紐約。

4 比較[j]跟[i]的發音

　　[j] 跟 [i] 的發音位置很像，都是將舌頭前端接近硬顎。但不同的是，[j] 通常很快的從 [j] 滑到後面母音的位置，所以發音很短，幾乎和後面的母音連在一起。

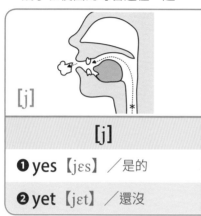

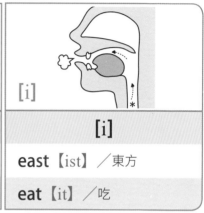

[j]	[i]
❶ yes 【jɛs】 ／是的	east 【ist】 ／東方
❷ yet 【jɛt】 ／還沒	eat 【it】 ／吃

5 玩玩嘴上體操

The yellow yacht is not yet in New York.

黃色遊艇還沒到達紐約。

y 唸成 [j]

❶ yellow[ˈjɛlo]

／黃色

❷ yesterday[ˈjɛstɚˌde]

／昨天

❸ yes[jɛs]

／是

基礎1　[j]　基礎2

i 唸成 [j]

❶ onion[ˈʌnjən]

／洋蔥

❷ Italian[ɪˈtæljən]

／義大利的

❸ companion[kəmˈpænjən]

／同伴

7

練習一下

請選出畫底線單字的發音

1. ( ) yellow　　❶ [s]　　❷ [j]　　❸ [r]
　　黃色

2. ( ) ear　　　❶ [ɪ]　　❷ [j]　　❸ [r]
　　耳朵

答案　1. ② 　2. ①

track41

24 [h]的發音

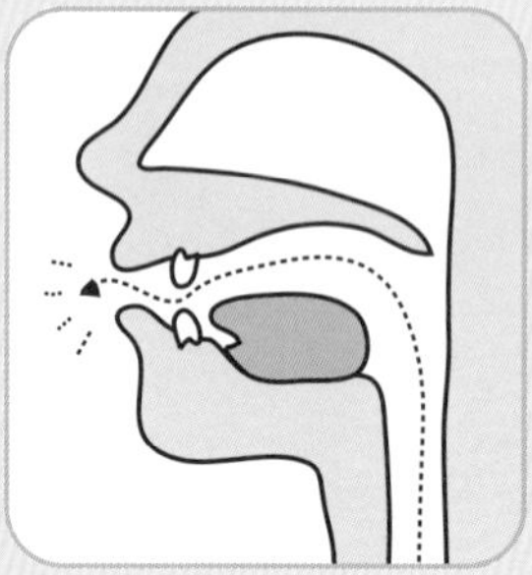

「哈～」，怎麼還這麼多啊！

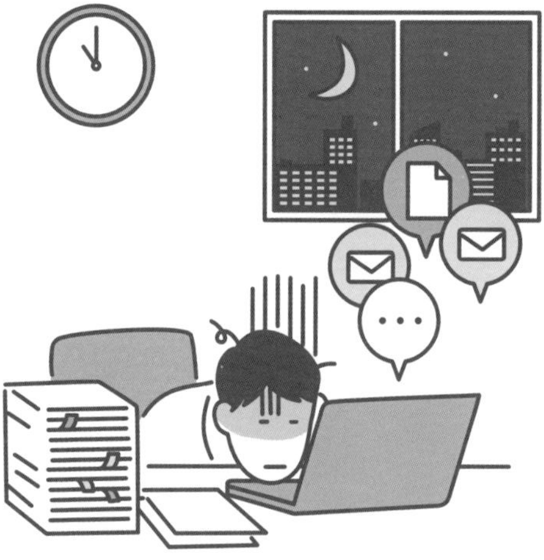

1 怎麼發音呢

[h] 的發音位置雖然跟中文的「厂」很像，卻有些微的不同喔！首先跟「厂」一樣嘴形半開，接著讓氣流流出，在通過喉部時與喉嚨摩擦，這樣所發出的音就是 [h] 囉！ [h] 的發音部位比「厂」還要靠近喉部喔！

[h]

2 大聲唸出單字喔

邊聽邊練習單字

- he 【hi】 ／他
- ham 【hæm】 ／火腿
- hit 【hɪt】 ／打擊
- hair 【hɛr】 ／頭髮
- here 【hɪr】 ／這裡
- behind 【bɪˈhaɪnd】 ／後面

3 大聲唸出句子喔

- He is happy.
  他很快樂。

- The host held my hand.
  主人跟我握手。

- The hippo hides behind the house.
  河馬躲在房子後面。

171

4 比較[h]跟[f]的發音

[h] 和 [f] 都是無聲子音，但發音的方法有很大的差別。[h] 是將嘴巴打開，利用氣流摩擦喉嚨發出氣音，而 [f] 則是用氣流摩擦嘴唇和牙齒而發聲。

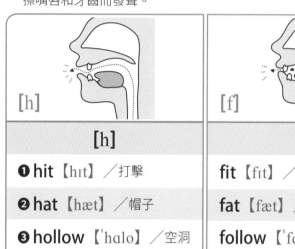

[h]	[f]
❶ hit【hɪt】／打擊	fit【fɪt】／合身
❷ hat【hæt】／帽子	fat【fæt】／肥胖
❸ hollow【'halo】／空洞	follow【'falo】／跟隨
❹ hear【hɪr】／聽	fear【fɪr】／害怕

5 玩玩嘴上體操

He heard the host help the long hair girl.

他聽說主人在幫助那位長髮女孩。

6

10 倍速音標記憶網 — 哪些字母或字母組合唸成[h]

h 唸成 [h]

❶ health[hɛlθ]

／健康

❷ horizon[hə'raɪzn]

／地平線

❸ hopeful['hopfəl]

／有希望的

基礎 [h]

7

練習一下

請選出正確答案

1. ( ) [hæm]　❶ ham　　❷ mam　　❸ fam
　　　　　　　　火腿　　　　x　　　　　x

2. ( ) [hi]　　❶ mi　　　❷ he　　　❸ fi
　　　　　　　　x　　　　　他　　　　x

答案 1. ① 　 2. ②

173

美語基礎
KK音標別再鬧彆扭了

學發音、撒網超速記、趣味圖，最有梗的美語教室

➡ 25 K

 + MP3

英語Jump 08

發行人	林德勝
著者	里昂 著
出版發行	山田社文化事業有限公司
	地址 臺北市大安區安和路一段112巷17號7樓
	電話 02-2755-7622　02-2755-7628
	傳真 02-2700-1887
郵政劃撥	19867160號 大原文化事業有限公司
總經銷	聯合發行股份有限公司
	地址 新北市新店區寶橋路235巷6弄6號2樓
	電話 02-2917-8022
	傳真 02-2915-6275
印刷	上鎰數位科技印刷有限公司
法律顧問	林長振法律事務所 林長振律師
定價	新台幣310元
初版	2023年02月

© ISBN : 978-986-246-738-1
2023, Shan Tian She Culture Co. , Ltd.